Nina Rink, geboren 1991 in Mainz, studierte Betriebswirtschaftslehre und arbeitet hauptberuflich in der Pharmabranche. Sie bloggt seit etwa 10 Jahren zu verschiedenen persönlichen und gesellschaftskritischen Themen auf www.therinkist.com. Seit 2017 veröffentlicht sie regelmäßig Texte im Online-Magazin »Im Gegenteil«. Rink lebt in München, »lieben bleiben« ist ihr erster Roman.

Nina Rink

lieben bleiben

Roman

Bibliografische Information der Deutschen
Nationalbibliothek:
Die Deutsche Nationalbibliothek verzeichnet diese
Publikation in der Deutschen Nationalbibliografie;
detaillierte bibliografische Daten sind im Internet über
http://dnb.dnb.de abrufbar.

Herstellung und Verlag: BoD – Books on Demand,
Norderstedt

ISBN: 978-3-7534-6060-4

Dies ist ein biografischer Roman. Alle Namen sind geändert. Alle erwähnten Marken, Orte oder Unternehmen werden aus freien Stücken genannt.

Für J.

don't blame me, love made me crazy

if it doesn't, you ain't doin' it right[1]

- taylor swift

PROLOG

Manchmal überlege ich, wie sich meine eigenen Erlebnisse und die Einschätzungen der anderen, der Menschen, die mir nahestehen, ineinanderfügen, wie sich daraus eine lineare Geschichte erzählen lassen würde. Ich stelle mir dann die Frage, wo meine Geschichte begonnen hat, eine erzählenswerte zu sein, wo sich der verdammte Wendepunkt, den viele Leben bekommen, abgezeichnet hatte. Viele der Kapitel liegen bereits Jahre zurück. Schon in meinem Alter, ich bin jetzt 31, stelle ich fest, dass die Erinnerung an Vieles verblasst und lückenhaft wird. Manches, was ich dagegen gerne und bewusst hinter mir lassen würde, merkt sich mein Gehirn mit bestechender Gedächtnisleistung trotzdem und bisher für immer. Welch Ironie.

Gleichzeitig vergeht die Zeit subjektiv betrachtet immer schneller und obwohl man mir immer wieder sagt, dass es sich dabei um ein »Alte-Leute-Phänomen« handelt, dass je älter man würde, desto schneller die Zeit an einem vorbeirauschte, so sehr ängstigt mich diese Vorstellung. Das Leben in den Monaten komprimiert sich und auf das neue Jahr folgt immer unvorhersehbarer Silvester, die Jahre werden quasi kürzer. Immer wieder befürchte ich, dass ich irgendwann aufwachen, blinzeln und einen bewussten Moment erleben werde, in dem ich feststellen muss, dass es das gewesen war. Dieses Leben. Dieses einzige Leben, das man doch nur hat, von dessen Singularität immer alle redeten und das vorüber war, bevor man seinen Wert wirklich im Kern zu verstehen vermocht hätte.

Wenn ich heute versuche, die Erfahrungen und Wendungen der Jahre, die ich auf dieser Erde weile, zusammenzutragen, stelle ich fest, dass das meiste in einem diffusen und verschwommenen Nebel von mir für wahr gehaltener Erinnerungen liegt. Denn nicht mehr und nicht weniger sind Erinnerungen: Sie sind das, was aus unserer Perspektive in der Realität passiert ist, darüber eine Art Schleier, ein Tau der Gefühle, der Melancholie, der Wärme oder des Wohlwollens gelegt, mit dem wir uns die Situationen Monate, Jahre oder Jahrzehnte später gerne ins Gedächtnis rufen möchten – auch wenn sie sich nicht exakt so zugetragen haben.

Die meisten von uns sind sich der Tatsache bewusst, dass der Mensch dazu neigt, die Vergangenheit zu glorifizieren; früher war alles besser oder vielleicht sogar gut. Heute rufen wir in einem fürchterlichen Automatismus, einer sich in den letzten Jahren stetig ausbreitenden und streng genommen schlechten, weil inhaltslosen Angewohnheit, ständig und völlig unreflektiert »alles gut«, was eine Antwort auf vieles zu sein scheint und gleichzeitig – wie fast nichts sonst – gar keine Aussage hat.

Jeder reagiert mit »alles gut« auf Erklärungen, Entschuldigungen, Fragen, Zeitangaben, auf nahezu alles, obwohl mitnichten alles gut ist. Weder in unserer eigenen kleinen, lächerlichen Welt, in der wir uns um unsere eigene Achse und in glücklichen Fällen noch um die Achse maximal eines bis zwei weiterer Menschen aufrichtig drehen und die global betrachtet ehrlicherweise irrelevant ist. Noch in der ganzen Welt des Erdballs, auf dem wir vorübergehend existieren dürfen, auf dem es wirklich große Probleme gibt, durch die sich der Mensch voraussichtlich irgendwann selbst ausrotten wird.

Immer, wenn ich mir also die Frage nach einem der roten Fäden meines bisherigen Daseins stelle, muss ich zugeben, dass es Beziehungen sind. Beziehungen mit Männern, aber auch alles davor, dazwischen und danach und alles, was keine Beziehungen waren. Natürlich kann ich mir die Stärke dieses roten Fadens, die Intensität, mit der ich gewählt habe, meine Gefühle zu fühlen und in Worten bis aufs Nackteste zu verbalisieren, nur leisten, weil alles andere – zuvorderst Privilegien und Freunde – mir vom Leben in Fülle und Unkompliziertheit vergönnt sind. Jeder sucht sich die Probleme, die er nicht hat und ich bin zufrieden mit meiner Wahl. Und natürlich sucht die Majorität der Menschheit noch immer den einen Menschen – trotz wachsender Vielfalt an Beziehungsformen. Die meisten von uns suchen den einen Menschen.

Diese episodenhaften Geschichten erzählen also von meinen Erfahrungen mit Männern, von Männertypen, von unterschiedlichen und gleichen Erwartungen und von auf Gegenseitigkeit beruhenden Gefühlen. Diese meine Geschichten folgen aufeinander in chronologischer Ordnung, sie haben mal mehr, mal weniger miteinander zu tun. Sie erzählen vom Suchen, vom vermeintlichen Finden, vom Verlieren, vom wirklichen Finden, sie erzählen von Schmerz, von Aufregung, Enttäuschung, Verliebtheit und Missbrauch. Und sie erzählen von der Liebe. Denn Liebe ist nicht die Antwort auf alles, aber sie ist die wichtigste.

DIE VIELEN

5 Jahre mussten es nun etwa sein, seit ich die Hölle losgetreten hatte. 5 Jahre, in denen ich eine nur noch knapp zweistellige Anzahl an ersten Dates, sehr wenigen zweiten und tatsächlich einem dritten Date gehabt hatte. 5 Jahre, die mich beschäftigt hielten, amüsierten oder ärgerten – aber in weiten Strecken eigentlich nur noch desillusionierten. 5 Jahre mit nur einer mageren, wenige Monate gehaltenen Beziehungen und bestimmt 4-5 eher schwierig zu definierenden Bekanntschaften. 5 Jahre, in denen die Menge der in einer analogen Realität, im sogenannten »Draußen«, initiierten Begegnungen gegen Null gingen, die virtuell begonnenen dafür gegen Hundert.

In vielen Momenten dieser 5 Jahre hatte ich aufgeben wollen, resigniert über die Größe des Heuhaufens und die Winzigkeit der Nadel, die ich suchte und verstört über den Affenzirkus, den Dating-Plattformen der Moderne im Allgemeinen und die Dating-Gewohnheiten meiner Generation im Speziellen mittlerweile darstellten.

In der Zwischenzeit hatte ich den Diskurs dazu im ein oder anderen Feuilleton-Teil verfolgt und den Eindruck gewonnen, dass sich Journalisten in regelmäßigen Abständen mit nur überschaubar neuen Erkenntnissen bemüßigt fühlten, sich konkret an der Thematik Dating Apps abzuarbeiten. Dabei wurden Dating Apps von ihnen oftmals noch immer als etwas Exotisches, Ungewöhnliches, etwas, das ob seiner Besonderheit Erklärung bedurft hätte, behandelt. Wenn ich das las, hielt ich manchmal inne und bestaunte die Diskrepanz zu meiner eigenen Lebensrealität, in der der Umgang mit Dating Apps das Alltäglichste, Gewöhnlichste überhaupt geworden war. Wenn auch vielleicht schon in nicht mehr ganz so gesundem Ausmaß.

Journalisten schienen nicht zu begreifen, dachte ich dann, dass Dating Apps – zumindest in der Alterskohorte unter 40 – längst in der Mitte der Gesellschaft angekommen waren. Letztlich wurde in diesen Artikeln meistens kritisiert, dass sich die Partnersuche durch Dating Apps zwingend verändern musste, dass unendliche Optionen das Gefühl von Orientierungslosigkeit beschleunigten und dass möglichst effizientes Wischen den Tod jeglicher Romantik bedeutete. Natürlich hatten sie von außen betrachtet und auf einem sehr undifferenzierten Niveau irgendwie recht, aber nur deswegen, weil sie Dating Apps offensichtlich nie selbst benutzten.

Ich unterstellte, eben weil ich das Spiel mittlerweile zu gut kannte, dass die verfassenden Journalisten, selbst ein oder zwei Jahrgänge älterer Generationen, persönlich außer zu »Recherchezwecken« über keinerlei Erfahrung verfügten. Sie reduzierten die Daseinsberechtigung von Dating Apps auf »digitale Promiskuität« – auch wenn ich mir vorstellen konnte, dass sie im persönlichen Dialog eher die Diktion »Fick-App« bevorzugten. Dabei wollten sie vor allem cool wirken. Dazu rollten sie dann mit den Augen, vielleicht einfach, weil es opportun erschien, Phänomene jüngerer Generationen, die man selbst nicht zum letzten durchdrang, zu belächeln. Immer wenn ich solche Artikel las, fiel mir auf, dass die Verfasser, beschränkt auf deren Perspektive und Erfahrung analogen Kennenlernens, völlig verkannten, dass Dating Apps heute für mindestens drei Generationen einen elementaren Weg zu Sex oder zu Liebe oder zu beidem darstellten. Einen Umstand, den man, egal welche Meinung man zu dem Ganzen sonst hatte, so erst mal anerkennen sollte.

Ich selbst hatte erst lernen müssen, dass es weniger trivial war, als es erscheinen mochte, herauszufinden, welche Absichter jemand verfolgte. Im Grundverständnis hatte der Großteil der Kommunikation auf Dating Apps in seinen Anfängen tatsächlich nur der zeitlichen und örtlichen Koordination einvernehmlich herbeigeführten Geschlechtsverkehrs gedient. Ich merkte aber immer mehr, dass sich das wandelte – in den nur 5 Jahren, in denen ich das Spiel beobachtet hatte und gleichzeitig Teil gewesen davon war.

Wenn ich daran zurückdachte, war es anfangs tatsächlich noch darum gegangen, andere für sich einzunehmen, zu beeindrucken, andere in einen verliebt zu machen – sofern man das als aktiven, beeinflussbaren Part betrachtete. Mittlerweile, mir war das seit etwa zwei bis drei Jahren aufgefallen, ging es nur noch um einen selbst.

Darum für sich eine weitere Präsentationsplattform zu finden, in der man seinem Narzissmus frönen und sich mehrfach täglich die Bestätigung holen konnte, die das einsame und zweifelnde Ego brauchte. Alle anderen Plattformen gaben einem Likes und Kommentare, aber die wertvollste Form der Akzeptanz, dass einen jemand als Liebhaber oder Partner annehmen würde, bekam man dort nicht. Auch wenn die Grenzen dessen natürlich mittlerweile verschwommen und gerade Instagram sich mehr und mehr zum Tinder seiner Nutzer entwickelte.

Natürlich hatte ich auch nur die Perspektive einer heterosexuellen Frau auf Profile von Männern. Das reichte aber eigentlich als repräsentatives Psychogramm, als mehr als genug Anhaltspunkte, warum Dating Apps so waren, wie sie waren, aus.

In der einigermaßen homogenen Masse an Vornamen – es waren die Modenamen der Jahre 1981-1996 – hießen entsprechend alle Männer Alex, Max, Matthias, Michael, Chris, Christopher, Christoph, Tim, Tom, Flo, Moritz, Philipp oder Daniel. Mit ihren immer gleichen Profilen, ihren immer gleichen Bildern und ihren immer gleichen Namen verschwammen sie schließlich zu einem eintönigen Brei.

Unterbewusst ging ich bei jedem der Männer eine Art Bingo durch, es gab zu vieles, was sich wiederholte, was es einem schwer machte, zu differenzieren oder jemand scheinbar einzigartigen zu finden.

Die wiederkehrenden Bilder waren die von Selfies im Badezimmer (manchmal erkannte man, dass es ein Hotelbadezimmer sein musste), Selfies im Fitnessstudio (es musste erkennbar sein, dass man entweder definierte Bauchmuskeln hatte oder zumindest generell trainiert war), Fotos mit einer offensichtlich ab- oder herausgeschnittenen Ex-Freundin oder Fotos in einer Gruppe von Männern, auf denen man nicht erkennen konnte, um wen es ging. In letzterem Fall war der Profilinhaber meistens nicht unbedingt einer der attraktiveren. Es gab auch Bilder, die den »Travel Enthusiast« belegten – so nannten sich überraschend viele, zeugte es doch von Abenteuerlust und finanziellen Ressourcen. Weit gereist hielten sie oft einen überdimensional großen Fisch in der Hand, möglicherweise einen beim Hochseefischen in der Karibik gefangenen Barrakuda, oder sie knieten neben einem Tiger in einem buddhistischen Wald-Tempel im westlichen Teil von Zentralthailand.

Eine mittlerweile zumindest für Männer obligatorische Angabe war die der Körpergröße – jeder Mann, der angab, unter 1,70 Meter zu sein, war zwar ehrlich, hatte aber auch schlechtere Chancen. Die Bedingung »just hookups« oder »no ONS«, ein leeres Feld für die Selbstbeschreibung – weil das erforderte, dass man mal fünf Minuten nachdachte, also ließ man es lieber frei – sowie mehr oder weniger offener oder versteckter Sexismus rundeten die meisten Profile ab. Und daraus musste man dann etwas machen. Daraus musste man dann abstrahieren, ob man sich in einen dieser Menschen verlieben würde können.

Ich hatte durchaus begriffen, dass die Funktionsweise von Dating Apps auf visuellen und akustischen Reizen basierte. Dass sie es einem einfacher als einfach machten, Menschen »auszusortieren« aus der Alterskohorte, dem Körpertyp, dem Grad an Arroganz, den man haben wollte. Sie gaben einem die Chance, andere Menschen leicht und ohne Konsequenzen »zurückzugeben«. Natürlich war mir klar, dass die ganze Idee darin bestand, künstliche Treffen basierend darauf zu arrangieren, ob man bearbeitete Fotos von anderen Menschen ansprechend fand oder eben nicht. Wenn ich es laut aussprach, verstand ich nicht, was ich in all dem verloren hatte. Dann fiel mir wieder die Alternativlosigkeit ein, die sich aus Berufstätigkeit und wenigem Ausgehen ergaben, eine Kombination, bei der man ansonsten warten musste, bis die Männer bei einem zuhause klingelten. Ein Szenario, das dann doch eher unwahrscheinlich war.

Ich dachte über die Absichten nach, die man auf Dating Apps angab zu verfolgen. Wir können alle möglichen Dinge zu allen möglichen Zwecken nutzen, im Alltäglichen waren wir sozusagen Meister der Zweckentfremdung geworden. So wie wir mit einem Hammer einen Nagel in die Wand oder jemandem den Schädel einschlagen können, so können wir unser müdes Haupt auf ein Kopfkissen betten oder damit jemander ersticken. Ebenso, wenngleich einen Tick weniger gewalttätig beziehungsweise psychopathisch, waren Dating Apps nur ein Werkzeug, ein Instrument, welches uns zur Realisierung wie auch immer gearteter amouröser, sexueller Intentionen diente. Wir konnten mit ihnen unseren nächsten

Sexualpartner, die große Liebe, eine diskrete Affäre und alles andere suchen. Die App an sich war also offensichtlich nicht das Problem, sondern die Menschen, die sie nutzten und wenn man ganz fair sein wollte, eigentlich auch nur die, die sie zu einem anderen Zweck nutzten als sie es vorgaben.

Ich fragte mich oft, was auf Dating Apps passierte, was man brauchte, um sie benutzen zu können, ohne damit mittlere Katastrophen an sich selbst oder anderen anzurichten. Dating Apps warfen einen in eine Welt von Menschen, die plötzlich alle Namen und Alter und Jobs, Fotos und Hobbys und – wenn es gut lief – eine Persönlichkeit hatten und bei denen man sich auf Basis dieser Kriterien entschied, ob man kurz- oder mittelfristig und einmalig oder wiederholt mit ihnen schlafen wollte oder eben nicht. Wenn man sich in dieser Welt aufhielt, war es, als trüge jeder Mensch, dem man begegnete, diese Charakteristika um den Hals auf einem Pappschild; man war unausweichlich mit ihnen konfrontiert. Tatsächlich eine eher anstrengende, ermüdende Vorstellung. Man tat gut daran, zu wissen wer man selbst war, man tat gut daran, über eine halbwegs gefestigte Persönlichkeit und kein völlig labiles Selbstwertgefühl zu verfügen. Es ging so schnell und so leicht, sich selbst zu verlieren in dieser ganzen Welt von Menschen, die man nicht kannte, denen man aber immer einen Teil von sich zeigte, wenn man mit ihnen schrieb und respektive auch Teile eines anderen Menschen zurück gezeigt bekam. Man sollte wissen, was man wollte und was man auf gar keinen Fall wollte. Es machte einem die Auswahl leichter, es schützte einen aber auch davor, sich zu Dingen überreden zu lassen, die einem mehr schadeten als dass sie einen zufrieden machen, die einen in Situationen brachten, in denen man vielleicht »Nein« sagen wollte, aber es nicht mehr laut genug oder wehrhaft genug oder nüchtern genug konnte. Vor allem als Frau.

Und was machten Dating Apps mit dem, der sie benutzte? Sie machten süchtig, sie machten abhängig von der nur wenige Millisekunden langen Bewertung eines Menschen, von der herablassenden Annahme, man selbst sei so überlegen, jemand anderen zu beurteilen. Als bedeutete das eigene »Ja« oder »Nein« in der restlichen Welt irgendetwas. Sie machten so süchtig, dass es keine freie Sekunde mehr gab, in der man nicht entschied und aussortierte, angetrieben von der Gier nach dem existierenden, sich ständig neu füllenden Pool an Kandidaten, die noch vor einem lagen. Und unter denen vielleicht jemand sein konnte, bei dem man in der Sekunde, die man sich für ihn entschied, besonders danach lechzte, dass er sich auch für einen selbst entschieden hatte oder es noch würde.

Ein Grund, weswegen Dating Apps trotz beschriebener Absurdität doch in signifikanter Häufigkeit von Menschen unter sagen wir mal 40 genutzt wurden, konnte darin liegen, dass diese Apps einiges in uns bedienten, was in Generationen vor uns nicht allzu gegenwärtig oder problematisch gewesen zu sein schien. Sie vernetzten enorm. Sie ermöglichten uns die Kontaktaufnahme mit Menschen, von deren Existenz wir nichts wussten, die sich gerade in diesem Moment vielleicht mehrere hundert oder tausend Kilometer entfernt oder um die Ecke von uns befanden. Sie zeigten uns, welche gemeinsamen Facebook-Freunde wir hatten – wie »klein« also augenscheinlich unsere Welt war. Sie erleichterten uns den Konsum. Wir mussten uns nicht mehr samstags in eine Bar oder einen Club stellen, Drinks bezahlen, uns vorher zumindest eine Hose anziehen oder schminken. Wir konnten stattdessen kostenlos, bequem vom Sofa aus, mit einem Glas Rotwein in der einen Hand und dem iPhone in der anderen, Menschen aussuchen, sie auf uns aufmerksam machen und unverbindliche Konversationen beginnen. Obwohl der Großteil der Dating Apps benutzenden Alterskohorte natürlich noch nicht in der Lebensphase angekommen war, in der man Rotwein trank.

Dieser weitestgehend anonyme Ablauf eliminierte das Erlernen bestimmter Kompetenzen im realen Leben. Wir mussten nicht mehr mit jemandem flirten, Augenkontakt herstellen, lächeln, verschüchtert wegsehen, hingehen, ansprechen – blieb uns alles erspart. Wir mussten uns keine kreativen Anmachsprüche mehr überlegen, woraus resultierte, dass auch auf Dating Apps die Eloquenz der meisten Männer bei »Heyyy!« oder »Wie geht's?« endete oder bei einem mäßig kreativen Satz, in dem klar wurde, dass »dass« und »das« nicht dasselbe waren. Schon gar nicht mussten wir uns damit abfinden, wenn uns jemand einen Korb gab, wir bekamen es nicht mal mehr mit. Dating Apps ersetzten alle Vorgänge durch Funktionen, sie nahmen uns die meisten Möglichkeiten der Blamage ab und machten uns bequemer, emotional unintelligenter und oberflächlicher.

Vor allem aber suggerierten Dating Apps, man könne immer noch mehr, besseres, besser aussehendes, grüneres Gras bekommen, im Universum unendlicher Möglichkeiten an potenziellen Partnern, Affären oder was auch immer man suchte. Das woran unsere Generationen eh schon krängten – die nicht enden wollenden Optionen an Jobs, Städten, Entscheidungen, die Generationen vor uns nicht gehabt hatten – es wurde ausgedehnt auf die Optionen an Partnern und uns als ultimative Freiheit verkauft.

Ich kaufte und ich kaufte gerne und viel. Manchmal machte ich etwas, das meine Mutter mal mit leicht gerunzelter Stirn als »Power Dating« bezeichnet hatte. Zu diesem Terminus war sie gekommen, nachdem ich ihr berichtet hatte, dass ich zum damaligen Zeitpunkt sechs Dating-Apps gleichzeitig benutzte

– Tinder, Bumble, Inner Circle, happn, Mayze und Once – und, dass ich mich in 4 Wochen mit zehn bis zwölf verschiedenen Männern auf ein Kennenlernen bei Kaffee oder Drinks getroffen hatte.

»Bist Du sicher, dass Du das nicht etwas verkrampft angehst?«, hatte meine Mutter mich gefragt.

»Ich würde es als ›zweckmäßig‹ bezeichnen. Ich kann mittlerweile nach etwa einer Minute in einem Gespräch feststellen, ob es passen kann oder nicht. Die letzten zwölf passten jedenfalls schon mal nicht.«

Dass es so unendlich ermüdend, anstrengend und zunehmend frustrierend war, dass ich das Ganze immer nur phasenweise ertrug, bevor ich eine mehrwöchige Pause benötigte, dass ich süchtig nach Anerkennung und der Nervosität vor Dates geworden war, dass mich die verzweifelte Suche nach Verbindlichkeit und Liebe antrieb, dass ich einfach nicht mehr allein sein wollte und an meinen idealen Partner dennoch nahezu unerfüllbare Ansprüche stellte, ließ ich aus.

Ich traf Männer, die Pilotenscheine hatten und mich einluden, bei unserem nächsten Date mit ihrem eigenen Segelflugzeug gemeinsam über Bayern zu fliegen. Ich zwang mich in Kinofilme, die ich mir freiwillig nicht ausgesucht hätte, »Star Wars: Die letzten Jedi zum Beispiel«. Ich hetzte zu After Work Dates ins James T. Hunt, einer beliebten Bar in Maxvorstadt, um dort eine knappe Stunde in die untergehende Sonne zu blinzeln, während mein Gegenüber fast ohne Luft zu holen über sein, zumindest für ihn offenbar reichlich spannendes Leben monologisierte. Er hatte einen kleinen Leberfleck unterhalb der Wange, ich überlegte die ganze Zeit, ob ich diesen süß oder abstoßend fand. Ich traf Unternehmensberater, denen ich wohlwissend, dass sie es sich nicht nehmen lassen würden, mich einzuladen, die Falks Bar vorschlug – einer eher gehobenen Örtlichkeit, in der die Preise für ein Glas Champagner bei 23 Euro anfingen. Ich bestellte in einer knappen Stunde drei. Hobby-Alkoholismus kam bei den meisten Männern überraschend gut an. Ich hatte Spaziergangs-Dates durch den Englischen Garten mit Männern, die so klein waren wie ich – was nicht schlimm gewesen wäre, wenn ich 1,80 Meter groß wäre. Ich unterschritt knapp den 1,60 Meter, es war also schlimm. Ich traf auch Männer, die deutlich älter waren als ich, um mir hinterher anhören zu können, ich müsse erst mal wissen, was ich wolle.

Aber manchmal waren unter ihnen Männer, die aufrichtig an meinen Lippen zu hängen schienen, mit denen die Stunden dahinflogen, die Gesprächsthemen nie ausgingen. Ich traf sie in der Goldenen Bar oder im Schumanns, sie sagten mir, dass ich schön und schlau und attraktiv sei und dass sie das anzog. Ich saß mit ihnen am Friedensengel und gemeinsam beobachteten wir den Sonnenuntergang, während die Männer mir interessiert zuhörten. Ich traf Männer, die am Ende eines ersten Dates mein Gesicht in beide Hände nahmen und mich so küssten, dass der Boden unter mir verschwand. Einmal traf ich einen Mann, der mich nach unserem Date spontan mit zum Tanzabend in den Bayrischen Hof Nachtclub nahm; es waren Standardtänze und dass ich seit 10 Jahren nicht mehr getanzt hatte, fiel weder mir noch sonst jemandem unter seiner Führung auf. Er brachte mich dazu, überrascht und begeistert von mir selbst zu sein – wie viel mehr konnte man als Date erreichen?

Und manchmal traf ich Männer, die mein gegenwärtiges Leben durchschüttelten und ich sehen konnte, was runterfiel, Reifes und Verfaultes. Das waren die besten Dates – auch wenn keiner von ihnen blieb.

Wir vergessen oft, dass nur weil man Begegnungen erzwingen, ihre schiere Menge nach oben regeln kann, bis man wahnsinnig wird, man vorher schon alle relevanten Charakteristika des anderen zu kennen glaubt, die Chancen, dass mein Gegenüber und ich uns ineinander verlieben, nicht besser sind, als würden wir jemanden auf der Straße oder in der U-Bahn ansprechen. Wir vergessen, dass wir Anziehungskraft, Chemie, wie jemand anderes spricht, geht, riecht, lacht, nicht beeinflussen können, dass wir nicht zu begünstigen in der Lage sind, ob und wie der andere ist, in uns ein Echo findet. Es gab ein Zitat von Beau Taplin, es sagte eigentlich alles über den Zufall, die Seltenheit, die Besonderheit und das Glück – egal, wo wir es fanden:

»The one thing I know for sure is that feelings are rarely mutual, so, when they are, drop everything, forget belongings and expectations, forget the games, the two days between texts, the hard to gets because this is it, this is what the entire world is after and you've stumbled upon it by chance.«[2]

ALUMNUS

September 2014

Der Raum war groß und unübersichtlich, ich musste mich erst einmal orientieren. Netzwerkveranstaltungen waren für mich schon immer ein mehr oder weniger notwendiges Übel. Etwas zu dem ich mich alle paar Monate zwang, etwas, das für mich einen angemessen großen Schritt aus meiner eigenen Komfortzone bedeutete. Ich verstehe das Prinzip dieser Art von Events, ich habe auch prinzipiell kein Problem damit, auf andere Menschen zuzugehen: Bei diesen Gelegenheiten aber bekommt sämtliche Annäherung einen faden Beigeschmack perspektivisch beabsichtigter Gefälligkeiten. Man geht vor allem auf Menschen zu, von denen man weiß oder das Gefühl hat, dass aus dem Verhältnis beide Seiten profitieren würden.

Die private Universität, an der ich meinen Bachelor gemacht hatte, war Organisator des Abends, alle Anwesenden hatten demnach zumindest eine Gemeinsamkeit. Es war der komplette Bereich der Sophias Bar im The Charles Hotel gemietet worden, sämtliche Drinks, die man konsumierte, waren bereits bezahlt. Ich entschied mich für Aperol Spritz, ein Getränk, das bei mir gefühlt schneller als bei anderen einen Zustand gelöster Offenheit oder übermütiger Neugier herbeiführte. Genau die Verfassung, die ich jetzt brauchte. Ich ließ den Blick schweifen und erspähte einen Stehtisch, an den noch eine Person passte. Ich steuerte ihn an – die Sekunden, in denen man sich dazustellte, seinen Namen nannte und versuchte zu verstehen, bei welchem Thema die Unterhaltung gerade angekommen war, waren die härtesten. Am Tisch standen eine weitere Frau und zwei Männer, es ging natürlich darum, was jeder beruflich machte. Es ging also darum zu taktieren, ob irgendetwas entlang des Tätigkeitsfeldes und der Kontakte, die die Gegenüber hatten, einem selbst nützen könnte. Ich war schon jetzt angeödet, aber lächelte interessiert, nickte, stellte Nachfragen. Mir fiel auf, dass ich wohl zu den eher jüngeren Graduierten gehören musste. An meinem Tisch hatten alle auf Diplom studiert und wenn ich mich so im Raum umsah, wirkten auch die anderen Alumni wenig bis deutlich älter als ich.

Nach etwas, was vermutlich fünfzehn bis zwanzig Minuten gewesen sein mussten, entschied ich, den Tisch zu verlassen. Der Abend würde aller Wahrscheinlichkeit nach einen eher drögen Verlauf nehmen.

Bis ich ihn sah. Er war recht groß, bestimmt 1,90 Meter, trug eine Nickelbrille und ein kariertes Hemd, darüber ein Sakko. Er wirkte irgendwie verklemmt, etwas langweilig; wenn ich später gebeten worden wäre zu sagen, was mich an ihm fasziniert hatte, ich hätte keine Antwort gehabt. Er strahlte etwas Intellektuelles aus, ich konnte mir vorstellen, dass man mit ihm gute Gespräche führen konnte.

Plötzlich war der Abend überhaupt nicht mehr dröge. Mich packte eine eigenartige Form des Ehrgeizes, manchmal wollte ich mir beweisen, dass ich einfach so entscheiden konnte, wenn ich etwas mit einem Mann anfangen wollte. In der Vergangenheit hatte das erstaunlicherweise immer geklappt, auch wenn es mich – wenig überraschend – bislang nicht glücklich gemacht hatte.

Ich ging die Treppen zur Damentoilette hinunter. Vor dem Spiegel überprüfte ich meine Frisur, glättete mit den Fingern ein paar abstehende kleine Härchen und zog meinen Lippenstift nach. Ich überprüfte, dass nichts von der tiefroten Farbe an meinen Zähnen haftete und atmete tief durch. Eine

Strategie hatte ich nicht, ich würde aus dem Moment heraus improvisieren.

Ich ging die Treppe wieder hinauf, ließ mir einen weiteren Aperol Spritz bringen und stellte mich an den Tisch, an dem er stand. Er bemerkte mich sofort und fragte mich nach meinem Namen. Es war aufmerksam und zuvorkommend mich einzubeziehen, der Mann hatte offenbar gute Manieren. Nachdem ich meinen Namen und mein Abschlussjahr genannt hatte, stellten auch er und die anderen beiden Männer sich vor. Wieder war ich die jüngste, um sechs und acht Jahre waren die anderen drei mir voraus. Es schüchterte mich nicht ein; solche Informationen nahm ich generell kurz wahr, bevor ich sie als irrelevant einstufte und vergaß. Es vergingen ein paar Minuten, als die beiden anderen Männer den Tisch verließen, um sich noch ein Getränk zu holen. Ich war plötzlich allein mit ihm. Oder zumindest so allein, wie man in einem Raum voller Menschen sein konnte.

»So. Ich habe das noch nicht ganz verstanden: tauscht man jetzt mit allen möglichen Leuten seine Visitenkarten aus und derjenige, der am Ende am meisten hat, gewinnt?«, fragte ich. ›Sei schlau, stell Dich dumm‹ hatte bislang immer funktioniert, es funktionierte auch jetzt.

»Ja, das kann man zum Beispiel machen. Macht natürlich vor allem Sinn, wenn man mit jemandem in Kontakt bleiben will«, antwortete er grinsend.

»Tja ich muss sagen, bislang war heute Abend eigentlich niemand interessant genug als dass ich mit ihm oder ihr in Kontakt bleiben wollen würde.« Ich schaute ihn herausfordernd an. »Wie sieht's bei Dir aus?«

»Also ich habe mir von zweien die Karte geben lassen, aber aus rein beruflichem Interesse.«

Er spielte also mit.

»Und Deine Karte würde ich mir im Zweifelsfall geben lassen – auch ohne zu wissen was Du gerade machst. Aber aus Neugier: wo arbeitest Du beziehungsweise als was?«

Ich nahm einen Schluck Aperol und legte eine meiner Hände auf den Tisch.

»Ich mache gerade ein Gap Year innerhalb meines Masters und im Moment bin ich für ein Jahr für verschiedene Praktika hier in München. Gerade bin ich bei einem französischen Luxusunternehmen, dessen Kerngeschäft Lederwaren sind, im Marketing.« Er konnte ruhig mal ein bisschen raten.

»Hm. In dem Bereich kenne ich mich nicht gut aus. Wo denn?« Er wirkte unsicher.

»Louis Vuitton. Und Du, was machst Du?«

»Ich bin im Bereich Immobilieninvestitionen. Ist aber spannender als es sich anhört.«

Ich nickte. Mein Blick musste verraten haben, dass Immobilieninvestitionen nicht zu den Feldern gehörten, die ich für interessant hielt – gemessen daran, was ich darunter vermutete, zu verstehen.

»An dieser Stelle wäre es dann auch angebracht, Dir meine Karte anzudrehen, viel passender wird es wohl nicht.« Er griff in sein Jackett, das er über dem karierten Hemd trug und beförderte etwas umständlich eine Visitenkarte zutage, die er mir reichte. Meine Augen huschten über seinen Namen, er hatte promoviert und eine Direktoren-Position. Von seinem Unternehmen hatte ich noch nie etwas gehört, laut Postleitzahl musste es eher im Münchner Osten sitzen.

»Ich kann Dir leider keine Karte von mir geben, als Praktikantin bekommt man so etwas nicht. Aber wenn Du Dich ein bisschen anstrengst, findest Du mich sicher auf LinkedIn.« Ich zwinkerte ihm zu und deutete noch mal auf seine Karte.

»Gehe ich recht in der Annahme, dass das eine Mobilnummer ist, die Du auch privat nutzt und falls nein, gäbe es eine Möglichkeit, an Deine private Nummer zu kommen?« Meine Frage war mir schon vor mir selbst fast zu dreist. Ich versuchte absichtslos zu schauen.

»Du kannst mir unter der Nummer schreiben, falls Du das meintest, ja. Ich habe nur das eine Handy.«

Ich lächelte zufrieden.

»Weißt Du, dann werde ich vermutlich genau das machen. Spätestens dann hast Du auch meine Nummer.«

Wieder grinste er; der Versuch, es einigermaßen unschuldig aussehen zu lassen, misslang allerdings. Es wirkte schief, offensichtlich hatte er nicht besonders viele Erfahrungen damit gemacht, wie man flirtete.

Ich erlöste ihn, vor allem auch deshalb, weil ich merkte, dass der Aperol mir zu Kopf stieg und mein Gesicht langsam etwas rot wurde. Der ideale Zeitpunkt, um die Veranstaltung zu verlassen. Glücklicherweise kamen auch gerade jetzt die beiden anderen Männer mit ihren Bieren zurück. »Ich würde mich dann jetzt verabschieden, ich hatte eh nicht vorgehabt, so lange zu bleiben.«

Ich tippte mit den Fingerspitzen meiner noch immer auf dem Tisch ruhenden Hand kurz auf, was eine Art Aufbruch symbolisieren sollte. Die beiden Männer wünschten mir einen schönen Abend, Leonard sagte »Bis bald«.

Als ich mich entfernte, um an der Garderobe meinen Mantel zu holen, spürte ich seinen Blick auf mir ruhen; ich hätte Stein und Bein geschworen, dass er mir nachschaute.

Wir fingen in den darauffolgenden Tagen an, hin- und her zu schreiben. Vor allem tauschten wir uns darüber aus, wann wir in welchem Zelt in wessen Begleitung auf dem Oktoberfest waren. Er schickte Bilder von sich in einer Gruppe ihm

Hofbräuzelt, vor ihm ein Teller mit Brathendl. Ich schickte ein Bild von mir neben einer Freundin, wir saßen im Marstallzelt. Mit einer Hand hielt ich einen Maßkrug, die Teile wogen mit Inhalt etwa 2,3 Kilogramm. Meine Knöchel traten weiß hervor. Ich trug ein schlammbraunes Dirndl, eine weiße Bluse und eine rosafarbene Schürze, mein Haar hatte ich zu einer simplen Flechtfrisur eingedreht.

Während wir schrieben, kokettierte ich damit, wie wenig ich eigenlich vertrug, was aber vornehmlich daran lag, dass ich vorher nie etwas aß und eine 60 Kilo schwere Frau nach einer Maß 1,27 Promille im Blut hatte. Ich wog um die 40 Kilo, spätestens nach der eineinhalbten Maß war bei mir die Grenze klaren Sprechens, geraden Gehens und deutlichen Schwindels erreicht.

Wir schafften es nie, gleichzeitig auf der Wiesn zu sein, weswegen wir uns ein paar Tage später abends auf Drinks verabredeten. Er schlug die Schumanns Bar am Hofgarten vor; ich war dort noch nie gewesen. Ich entschied mich für ein schwarzes, schlichtes Kleid, es endete knapp oberhalb meiner Knie, hatte breite Träger und war rückenfrei. Es ließ sich auf Höhe der Taille mit einer Art angenähtem Gürtel enger knoten. Dazu schwarze mittelhohe Absätze und eine Art Perlen Statement-Kette, deren einer Teil im Dekolleté ruhte, der andere bis etwa zur Hälfte der Brustwirbelsäule an meinem Rücken hinabhing.

Als er mich sah – er hatte vor dem Schumanns gewartet, damit wir gemeinsam hineingingen – lächelte er. Er sagte mir, ich sehe umwerfend aus.

Die nächsten Stunden vergingen ohne, dass wir es merkten. Wir konnten uns über Gott und die Welt unterhalten; er verstand beim Zuhören, dass ich Dinge nicht für selbstverständlich nahm und dass ich keine Angst davor hatte,

Gefühle auszudrücken. Es stellte sich heraus, dass er neun Jahre älter war als ich; umso beeindruckter war er davon, wie weitsichtig und klug ich für mein Alter angeblich war. Immer wieder hatte er mich unaufdringlich berührt, an der Schulter, an der Hand, am Knie, das ich ihm zugewandt hatte. Ich war nie zurückgewichen, hatte ihn mit einem kleinen Lächeln darin bestärkt, dass ich seine Berührungen mochte. Es war zwei oder drei Uhr geworden, schließlich nahm ich mir ein Herz und küsste ihn.

Er küsste mich zurück, ruhig und mit Bedacht, er küsste nicht leidenschaftlich, aber wir saßen auch immer noch in einer Bar. Währenddessen nahm er meine Hand, die auf meinem eigenen Oberschenkel geruht hatte. Er ließ sie nicht mehr los, bis er mich ins Taxi gesetzt hatte, das mich nach Hause bringen würde.

Wir schrieben uns viel, auch tagsüber, wir gestanden einander, dass wir an den anderen dachten, ihn vermissten, gerne beieinander wären, wir taten einander gut. Ich fühlte mich so wie man sich fühlte, wenn man verknallt war. In jedem Raum, den ich betrat, fand ich mein Herz wie einen Heliumballon unter der Decke schweben, ich hatte kaum noch Hunger und lächelte mehr oder weniger ununterbrochen vor mich hin. Als ich darauf angesprochen wurde, grinste ich nur vielsagend und murmelte etwas von »jemanden kennengelernt«. Ich war kein misstrauischer Mensch, Leonard würde mir sicher nicht weh tun. Er war Anfang 30, da konnte ich emotionale Reife voraussetzen, er machte keinen wankelmütigen Eindruck.

Ich schickte ihm Bilder von meinem Arbeitsweg, der mich am Viktualienmarkt entlangführte. Dort fotografierte ich Hortensien, die mir besonders gut gefielen. Ich fotografierte an mir herab, die Blumen standen auf Höhe meiner Knie. Mein bordeauxfarbener Wollschal hing ein wenig ins Bild, es war Herbst geworden. Ein anderes Mal schickte ich ihm einen Screenshot eines Songs, den ich gerade hörte, »Thirteen Thirtyfive« von Dillon. Eines Abends war ich auf dem Weg zu einer Einweihungsparty eines Freundes, mein Geschenk war Brot und Salz. Ich schenkte einen länglichen Laib Brot, der exakt in einen ovalen Korb passte, darauf eine Packung Sal de Ibiza, beides mit einer babyblau-weiß karierten Schleife zusammengebunden. Ich konnte gut Geschenke machen und diese professionell und einigermaßen elegant verpacken, ein verstecktes Talent sozusagen. Ich schickte ihm auch davon ein Foto. Ich wollte ihn in mein Leben einbeziehen.

Leonard war eher der verbale Typ, erzählte mehr von sich als, dass er Dinge fotografisch dokumentierte. Er machte Yoga und meditierte jeden Tag, ging in die Sauna. Gerade suchte er eine neue Matratze für sein Bett. Seine Familie lebte in Würzburg, dort kam er her.

Einmal gingen wir zusammen Eis essen, beim »Verrückten Eismacher« in der Amalienstraße. Er wählte Kinder-schokolade-Eis, ich Blutorange-Pfirsich, zum Probieren ließ ich mir Cannabis-Eis geben. Wenig überraschend schmeckte es nach Heu, etwas süßlich. Während wir gewartet hatten, hatte ich die Wände in dem kleinen Laden betrachtet. Es waren alle möglichen Figuren aus »Alice im Wunderland« nachgemalt, die Grinsekatze und die Herzkönigin hatten es mir besonders angetan. Auch Teile der Wegweiser aus der Geschichte waren nachgemalt, da stand zum Beispiel »Falscher Weg«, »Nirgendwo«, »Geh zurück« und »Wunderland«.

Damals konnte ich nicht ahnen, dass diese Anweisungen mir galten, dass ich an einem Ort war, an dem wir beide, Leonard und ich, uns verlieren würden, dass einer von uns sozusagen verrückt würde, dass die Dinge außer Kontrolle geraten würden. Ich ahnte nicht, dass Leonard mich mit dem Lächeln der Grinsekatze beruhigen, mir sagen würde, dass alles in Ordnung sei, obwohl es das nicht sein würde.

Für den Moment hatte ich nur daran gedacht, dass der Umstand, dass wir beide uns gefunden hatten, wie das Wunderland, wie schnell alles von heute auf morgen gegangen war, seit ich durch das Kaninchenloch in sein Leben gefallen war. Ich fühlte mich wohl, wo ich war. Ich würde nicht von dort wegwollen.

Eines Abends hatte er mich zu sich in die Wohnung eingeladen, da kannten wir uns etwa 2 Wochen. Ich war mit der U-Bahn bis zur Station »Kreillerstraße« gefahren. Dort hatte er mich mit seinem Audi A6 abgeholt, damit ich die letzten fünf Minuten nicht laufen müsse. Er wohnte in einer Art Vorort, es war ruhig dort, viele Einfamilienhäuser gab es. Er lebte in einer recht großen Wohnung, hell und relativ modern hatte er sie eingerichtet. Ich mochte es hier.

Wir hatten zusammen verschiedene Antipasti angerichtet und das Brett vor uns auf dem Couchtisch abgestellt. Es gab schwarze und grüne Oliven, Mozzarella mit Tomate, italienische Salami und Schinken, französischen Weichkäse und Baguette. Er hatte eine Flasche Weißwein aufgemacht. Leonard legte einige Kissen auf den Teppich, so dass wir uns gut an seine Couch anlehnen und bequem auf den Fernseher schauen konnten. Wir entschieden uns für »Life of Pi«, diesen Film mit dem Tiger, der zusammen mit einem Menschen auf dem Meer herumtreibt und ihn erstaunlicherweise nicht frisst. Leonard verfolgte den Film aufmerksam, wenn ich ihn zwischendrin etwas fragte oder an ihn heranrückte, zogen sich seine Augenbrauen zusammen, aber er sagte nichts.

Unausgesprochen steuerte der Abend darauf zu, dass wir miteinander schlafen würden. Als wir die Reste des Essens und die Weingläser in der Küche abgestellt hatten, hob er mich ohne Ankündigung hoch und trug mich in sein Schlafzimmer. Ich war nicht aufgeregt, aber gespannt; mit jemandem, der so deutlich älter war als ich hatte ich noch keinen Sex gehabt. Er war routiniert oder zumindest erfahren in dem, was er tat. Es war angenehm, wenn auch nicht befriedigend – was gemessen an den Erfahrungen, die ich bislang gemacht hatte, aber schon einen Fortschritt darstellte.

Als wir fertig waren, fragte er mich unvermittelt, ob ich die Pille nähme. Natürlich hatten wir mit Kondom verhütet; ohne einen negativen HIV-Test von jemandem gesehen zu haben, stand für mich sowieso nie etwas anderes zur Diskussion. Unter anderem aber auch, da ich keine Pille nahm und auch sonst keinerlei hormonelle oder andere Verhütungsmethoden – außer eben Kondome – nutzte.

»Weiß- Du, in Beziehungen ist es mir schon lieber, wenn meine Freundin die Pille nimmt«, fuhr er fort. Es klang allerdings weniger nach einer Präferenz als nach einer Bedingung. Ich war verdutzt, tatsächlich war ich eigentlich ungehalten, das zeigte ich ihm aber nicht.

»Dann können wir ja noch mal drüber reden, wenn wir in einer festen Beziehung sind«, antwortete ich. Ich hörte mich patzig an. Was ich aber meinte war, dass ich mich vor Jahren bereits gegen die Pille entschieden hatte. Meine Beweggründe waren damals, als ich mit 15 verschiedene Mini-Pillen über Monate hinweg ausprobiert hatte, vor allem die Nebenwirkungen gewesen, unter denen ich gelitten hatte. Ich hatte damals und auch seitdem immer wieder die Erfahrung gemacht, dass von negativen Nebenwirkungen oft erwartet wurde, dass man sie sang- und klanglos hinnahm, wenn man sie hatte. Dass Stimmungsschwankungen, depressive Phasen, Wassereinlagerungen und schmerzende Brüste der Preis dafür waren, dass man glänzendes Haar und tolle Haut bekam und dass Regelkrämpfe verschwanden – vor allem aber waren sie der Preis dafür, dass Männer sich um nichts kümmern mussten. Ich hatte schon vorher volles Haar, keine besonders schlechte Haut und keine Unterleibskrämpfe; mehr noch mich stieß der dahinter liegende Vorgang – man futterte täglich Hormone – ab. Und die Aussage darüber, wie Männer und Frauen mit Verantwortung, Selbstbestimmtheit und Gleichberechtigung in unserer Gesellschaft umgingen, auch die stieß mich ab.

In den letzten Jahren hatte ich den Eindruck gewonnen, dass die Sozialisierung in Bezug auf Sexualität bei erstaunlich vielen Männern mit dem Ergebnis geendet hatte, dass Verhütung Frauensache sei. Tatsächlich wurde mir oft genug von Männern erklärt, dass sie das nicht »beträfe«, dass Geschlechtsverkehr mit Kondom nahezu unerträglich für sie sei. In diesen Momenten musste ich immer ausgesehen haben, als fiele mir alles aus dem Gesicht. Mir ging es vor allem darum, dass ich erwartete, dass Männer das Thema rechtzeitig ansprachen und nicht stillschweigend voraussetzten, die Frau mache das schon, weil es ja ihr Körper wäre und sie im Zweifelsfall schwanger würde. Ich erwartete, dass Männer sich gleichermaßen für das Thema Verhütung verantwortlich fühlten und ich erwartete, dass Männer begriffen, dass wenn sie zu 100 Prozent den Spaß wollten, sie auch zu 50 Prozent die Verantwortung trugen. Natürlich würde ich für Leonard nicht anfangen, die Pille zu nehmen.

So schnell kamen wir nicht wieder auf das Thema zu sprechen, Leonard musste irgendwie gemerkt haben, dass seine Vorstellung davon, sich nicht an Verhütung beteiligen zu müssen nicht ganz so glatt durchgehen würde. Schlussendlich kannten wir uns auch erst seit 3 Wochen.

Wir hatten uns nach dem Abend noch einmal gesehen, es war kurzweilig und schön gewesen. Die Irritation darüber, dass ein Mann mir gesagt hatte, wie er Dinge, die meinen Körper betrafen, gerne hätte, hatte ich verdrängt.

Er hatte mir angekündigt, dass er in den nächsten Tagen beruflich nach Frankfurt musste und einen Heimatbesuch in Würzburg anschließen wollte. Ich war meinerseits auf dem Geburtstag eines Freundes eingeladen und wollte mir eine neue Ausstellung ansehen, auch ich wäre also beschäftigt. Wir hatten uns liebevoll voneinander verabschiedet, sogar schon einen Tag lose festgehalten, an dem wir uns wiedersehen wollen würden.

Irgendwann in diesen Tagen reagierte er nicht mehr auf meine WhatsApp-Nachrichten, er ging auch nicht mehr ans Telefon. Seit einigen Tagen war das Schreiben holprig geworden, er meldete sich unregelmäßiger, er verwendete andere Worte. Ich hatte schon immer feine Antennen für Dinge dieser Art, noch nie hatte ich falsch gelegen. Ich schrieb ihm, ob zwischen uns alles in Ordnung sei. Er antwortete, dass ich mir keinen Kopf machen solle und er sich bei mir melde, wenn er wieder da wäre. Danach nichts mehr.

Bis ich eines Abends bei Facebook eine lange Nachricht von ihm bekam. Schon als ich zu lesen begann, merkte ich wie eine kleine kalte Faust mein Herz umklammerte und langsam immer fester und fester zudrückte. Ich atmete flach, als ich weiterlas. Da stand etwas von einer Ex-Freundin, die er zuhause getroffen hatte, für die er noch Gefühle habe, dass er mit ihr geschlafen habe und dass er diese Beziehung forcieren würde. Dass wir beide damit erst mal keine Zukunft hatten. Die Worte, die er verwendete, waren ungelenk, man konnte beim Lesen spüren, wie unangenehm es ihm war, sich wie ein Arschloch zu verhalten.

Ich war viel wütender als dass ich traurig war. Natürlich hatte er mich verletzt, natürlich gab es eine Diskrepanz zwischen unser beider Gefühlen, aufgrund derer ich mich dumm fühlte, natürlich heulte ich mir die Augen aus und schlich mit tiefen Augenringen jeden Tag ins Büro.

Ich entschied, ihm bei Facebook zu antworten – wenigstens den Genuss, dass ich ihm rhetorisch überlegen war, wollte ich mir nicht nehmen lassen. Ich schrieb meine Antwort in einem Word-Dokument vor, es ging viel um emotionale Reife, die ich ihm absprach, um Mitleid, welches ich für seine Altlasten nicht hatte und um den erbärmlichen Kontrollverlust, den es bedeutete, an einem Abend eine Frau, die man jahrelang nicht gesehen hatte, zu ficken, während man eigentlich einer anderen Hoffnungen machte. Ich sparte nicht an vulgärer Diktion, trotzdem klang das Ergebnis intellektueller und würdevoller als das, was er zu Papier gebracht hatte.

Als ich meine Antwort abgeschickt hatte, ging es mir besser. Was waren schon vier Wochen im Leben eines Menschen? Sicherlich nichts, was man nicht in zwei oder drei Monaten verarbeiten würde können.

Fünf Monate später lag ich mit weit geöffnetem Mund bei einem Kieferchirurgen. Ich ließ mir alle vier Weisheitszähne auf einmal entfernen, leider war einer der vier unter der Zange meines Operateurs zerbröselt. Ich spürte, wie er mit zwei Pinzetten begann, die Bruchstücke aus dem Krater im hinteren Teil meines Kiefers zu fischen. Schmerzen hatte ich keine.

Als ich einige Minuten später von der Liege glitt und mit meinem iPhone ein Taxi rufen wollte, hätte ich mir beinah auf die noch betäubte Lippe gebissen. In der Vorschau meines Sperrbildschirms war eine Nachricht von Leonard. Er wolle mich zurück, mit der anderen Frau habe es nicht geklappt, ob ich ihm verzeihen könne.

Ich hatte gute drei Monate gebraucht, um unser Verhältnis zu verarbeiten, danach ging es mir so gut wie eh und je. Das Einzige, was geblieben war, war ein verlässliches Gespür für zurückhaltende Männer mit Gebrauchtschäden.

Als ich dastand und nachdachte, musste ich plötzlich lachen. Die Situation war absurd: aus meinen Mundwinkeln lief Blut und Speichel, meine Wangen waren betäubt und angeschwollen, es steckten auf beiden Seiten Wattetamponaden in meinen Backentaschen, auf der einen Seite breitete sich langsam ein blaues Hämatom aus – aber ich lachte leise vor mich hin. Ich musste irre aussehen.

Mir fiel ein Spruch ein, der in etwa sagte:

»Sometimes giving someone a second chance is like giving them an extra bullet for their gun because they missed you the first time«.

Leonard würde von mir keine zweite Chance bekommen, er würde mich nicht noch mal verletzen, indem wir uns wiedertrafen und er mir nach kurzer Zeit so etwas eröffnen würde, wie dass er sich nicht so richtig in die Beziehung mit mir fände. Oder eine sinngemäß ähnliche Scheiße.

Ich löschte die WhatsApp-Nachricht, blockierte seine Nummer, ihn bei Facebook und löschte seinen Kontakt. Man musste nicht jeden Fehler zweimal machen. Bei manchen reichte das erste Mal aus, um festzustellen, dass es Fehler waren.

ROTWEIN & ZIGARETTEN

Juli 2015

Ich hatte nicht bemerkt, wann er sich genähert und neben mich gestellt hatte. Erst als er zu reden begann, registrierte ich ihn. Er stand neben unserem Tisch und fragte, ob wir noch Platz für ihn hätten.

Ich hatte mich an diesem Abend mit einem alten Bekannten, einem ehemaligen Kommilitonen, der für ein paar Tage in München war, getroffen. Wir hatten uns auf das Schumanns geeinigt, dort war ich in letzter Zeit irgendwie hängen geblieben.

Die Kellner dort waren aufmerksam, möglicherweise hatten sie mitbekommen, nach welchem Muster ich wo reservierte. Vermutlich aber nicht, natürlich kamen täglich viele Gäste. Wenn ich mich mit Bekannten oder Freunden traf, bat ich um einen Tisch unten, an der Bar oder draußen, wenn es das Wetter zuließ. Die Terrasse lief zum Hofgarten hinaus, an warmen Sommerabenden konnte man Boule-Spieler beobachten und bis spät nachts unter den Lichterketten sitzen. Wenn ich jedoch nach einem Tisch oben fragte, auf der »Galerie«, wie ich es für mich nannte, ging es nahezu immer um Dates. Es mussten Dates sein, die ich schon kannte und mochte oder Männer, mit denen ich schon etwas angefangen hatte, was über das zweite, dritte Date hinaus ging – die Besonderheit des Bereichs oben wäre sonst potenziell Perlen vor die Säue. Wenn man am Tresen im ebenerdigen Bereich rechts vorbeiging und die Treppen hochstieg, fand man diese kleine »Bar in der Bar«. Sie nannte sich »Les Fleurs du Mal«, übersetzt »Die Blumen des Bösen«. Ihren Namen hatte sie von einem Gedichtband des Absinth-Verehrers Charles Baudelaire. Am besten ließ sich die Atmosphäre mit den Worten »intim«, »persönlich« und »dunkel« beschreiben. Das Zentrum des länglichen Raums bildete ein neun Meter langer, aus einem einzigen Nussbaum gefertigter Tisch. Dunkler Teppichboden, so tief, dass ich mit meinen Absätzen immer einsank und mich dann von meiner jeweiligen Begleitung stützen ließ. Holzvertäfelte Wände, so passend, dass ich ein irgendwie elitäres Gefühl bekam, wann immer ich hier war. Die Drinks besprach man persönlich mit dem Barmann; auch wenn es eine regelmäßig wechselnde Karte gab, konnte man im Grunde alles bekommen, was man wollte. Die Karte bot meist etwa zehn verschiedene Drinks an, alle beruhten auf eigenen Kreationen der Barmänner oder Charles Schumanns selbst. So wurden Kaffir-Limette, Wacholder, Honig, Brombeere und Champagner oder Cognac, PX Sherry, Niederländischer Kakao und Bitters zu Drinks gemischt, deren Namen mein Alltagsfranzösisch meistens überschritt. Ich ließ mich häufig beraten, hin und wieder wählte ich aus Bequemlichkeit einfach den Champagner-Drink.

Heute jedenfalls saßen wir unten – Hendrik, mein Bekannter, und ich hatten nie über das platonische hinausgehende Absichten einander gegenüber verfolgt.

»Da bist Du ja endlich! Ich habe Milena vorhin schon angekündigt, dass Du noch dazukommen würdest. Milena, das ist Valentin.«

»Hallo Valentin, schön dich kennenzulernen. Setz Dich.« Meine höfliche Begrüßung spiegelte die spontane Sympathie, die ich für Valentin empfand. Er setzte sich. Während wir uns zu dritt unterhielten, beobachtete ich ihn immer wieder, er war auf eine attraktive Art eigen. Seine roten Haare, sein permanent gut gelauntes Gesicht, sein stereotypes Hipster-Outfit machten mich neugierig – ein Umstand, der mich überraschte, da er auf den ersten Blick absolut nicht mein Typ war. Als er anfing, von seinem Start-up zu sprechen, musste ich ein Grinsen unterdrücken.

Die Stimmung war gelöst, später am Abend kamen wir auf die Idee noch auf einen Absacker in die Bar des Flushing Meadows Hotels zu gehen. Die Rooftop Bar lag mitten im Gärtnerplatzviertel, etwa fünf Minuten von meiner Wohnung. Auch hier war ich einige Male gewesen. Die Wandpanele waren stoff-, Sofas und Bänke samtbezogen, es gab viel Teak- und Eichenholz; man saß in einer Art großem Wohnzimmer. Die Bar war leicht abgesenkt, sodass die Barkeeper auf gleicher Höhe mixten wie die Gäste saßen. Es gab einen Kamin, der im Winter eine behagliche Wärme abstrahlte, an den Wänden hingen Schaukästen mit aufgespießten Schmetterlingen. Um einen reservierten Tisch zu kennzeichnen, wurden kleine Pappschilder darauf platziert, auf denen in Großbuchstaben gedruckt war: »This card is a German towel on a beach chair«. Man musste es mögen hier.

Auch hier gab es ausgefallene Getränke; Hendrik und Valentin jedoch entschieden sich für Negroni, ich trank Moscow Mule. Ab einem gewissen Punkt hatte Hendrik ein Gespräch mit einer an der Bar stehenden Frau begonnen. Er schien, in das Gespräch vertieft. Diesen Moment nutzte Valentin, um meine Hand zu nehmen und mich hinter sich auf die Terrasse zu ziehen. Ich war unvorbereitet, wusste nicht, was das sollte.

»Ich wollte Dir eigentlich nur was Krasses zeigen, von dem ich mir sicher bin, dass Du es noch nicht kennst. Bock, ein bisschen was Verbotenes zu tun?« Ich zögerte. Ich kannte Valentin seit gut drei Stunden und ich war nicht jemand, der typischerweise verbotene Dinge, was auch immer man unter »verboten« verstand. Andererseits, was konnte es hier oben schon geben? Ich nickte, manchmal musste man einfach auch mal Ja zum Leben sagen, wenn es schon fragte. Er nahm meinen Drink und stellte beide Gläser auf einem kleinen am Geländer der Terrasse angebrachten Brettchen ab. Wieder griff er nach meiner Hand, Körperkontakt schien ihm wichtig zu sein. Er zog mich hinter sich her bis zum Ende des länglichen Balkons zu einem Sichtschutz aus einer Bambusmatte. Diese Wand signalisierte, dass es nicht gestattet war, hier weiterzugehen, Valentin ignorierte die Bedeutung. Er vergewisserte sich, dass niemand uns sah, dann bog er die Bambusmatte so zur Seite, dass wir beide daran vorbeiklettern konnten. Ich zögerte nicht, aber meinen Puls spürte ich. Hinter dem Trennzaun war an der Hauswand eine metallene Leiter angeschraubt, die offensichtlich auf das Dach des Gebäudes führte. »Lass Deine Schuhe hier stehen, mit Absätzen kommst Du da glaube ich nicht gut hoch.« Er ließ mich vorangehen; ich war so darauf konzentriert, die Sprossen trotz meines Blutalkohols nicht zu verfehlen, dass mir nicht einfiel, dass er so besonders gute Sicht auf meinen Hintern hatte. Als wir beide oben angekommen waren, bemerkte ich, dass die vordere Hälfte des Dachs mit großen weißen Kieseln bedeckt war, nur die hintere Hälfte sah nach etwas aus, was dunkler Kunststoffrasen sein konnte. Ich traute mich nicht, richtig aufzutreten, ein bisschen weh taten die Steine unter meinen Füßen. Als er mich so sah, zögerte er nicht, legte einen Arm unterhalb meiner Schulterblätter um den Rücken und den anderen in meine Kniekehlen.

»Ich trag Dich die paar Meter. Komm. Vertrau mir, ich lasse Dich schon nicht fallen.« Dieser Mann kannte offenbar weder anstandsvolle Zurückhaltung noch das Konzept der intimen Distanzzone, aber es machte mir nichts aus, dass er mich ungefragt anfasste. Er hob mich hoch, ich legte einen Arm um seinen Hals. Er roch warm und gut, er gab sich spürbare Mühe, mich nicht an Stellen zu berühren, die mir unangenehm hätten sein können. Ich genoss den Moment, nicht ansatzweise kam mir in den Sinn, dass es sich um eine eigentlich absurde Situation handelte. Ein rothaariger Mann, den ich seit drei Stunden kannte, trug mich über ein Dach in München.

Als er mich vorsichtig abgesetzt hatte, legte er sich kommentarlos auf den Rücken und begann den Himmel über uns zu beobachten. Ich legte mich neben ihn und betrachtete die Millionen Kilometer weit entfernte, tiefdunkelblau, fast schwarze hypothetische Zimmerdecke. An ihr waren in unregelmäßigen Abständen weiß leuchtende größere und kleinere Punkte festgepinnt. In diesem Moment wurde mir klar, dass ich mich auch Jahre später, vielleicht für immer, an diese Sekunden erinnern würde. Und an diesen sonderbaren, angenehmen Mann, auch an ihn würde ich mich vielleicht für immer erinnern.

Er hatte mir geschrieben, ein paar Tage waren seit unserem Kennenlernen vergangen. Die Nummer hatte er sich von Hendrik besorgt, natürlich hatten wir beide das an dem Abend, alkoholisiert, vergessen.

Es war noch immer Sommer, die Abende waren bis spät in die Nacht warm, aber nicht mehr drückend wie die Hitze tagsüber. Für unser erstes Wiedersehen verabredeten wir uns an der Reichenbachbrücke und kauften uns am Kiosk zwei Radler. Mit unseren geöffneten Flaschen überquerten wir die Brücke und gingen an der Seite hinab an die Isar. Es gab einen Bereich, wenn man unter der Reichenbachbrücke nach Norden ging, an dem große rechteckige Kalksteine zu einer Art Plateau künstlich zusammengefügt waren. Hier konnte man gut sitzen und aufs Wasser schauen.

Es stellte sich heraus, dass wir beide zu der Sorte Menschen gehörten, deren Zigarettenkonsum in durchschnittlichen Monaten bei null Packungen lag. Wenn sie jedoch auf eine

Person trafen, mit denen das Rauchen eine gemeinsame Aktivität vervollkommnete, konnten sie auch schon mal fünf bis zehn Zigaretten am Abend rauchen. Einer von uns beiden hatte eigentlich immer Kippen dabei, es wurde eine gemeinsame Gewohnheit. Allein rauchte weiterhin keiner von uns. Wir unterhielten uns über alles mögliche Profane, oft jedoch gerieten wir ins Philosophieren. Darüber was gerecht war, auf der Welt und im Leben, darüber, was einen glücklich machte, darüber wie sehr man den Lauf seines eigenen Daseins beeinflussen konnte.

Ich glaubte (und das tue ich noch heute), dass sich Gerechtigkeit und Ungerechtigkeit nach schwer nachzuvollziehenden Mustern über die Menschheit verteilen, allerdings war das eigene Leben prinzipiell vermutlich tendenziell eher gerechter, wenn man nicht in Entwicklungsländern zur Welt kam. Einen glücklich machen musste man sich selbst, es war ein »inside job« – zumindest war ich bei dieser Zwischenerkenntnis in den letzten Jahren hängen geblieben. Materielles und Geld waren, wenn man ein gewisses Niveau von Grundbedürfnissen abdecken konnte, ohne Existenzängste haben zu müssen, für ein glückliches Leben nicht mehr zuträglich – das musste man schon allein schaffen. Auch wenn einem natürlich niemand sagte, wie das ging.

Und das eigene Dasein zu beeinflussen, so glaube ich, war an manchen Stellen im Leben, an Weichen möglich – was studierte man wo, wo arbeitete man, wo lebte man. An Punkten, an denen uns das Leben großzügig einzelne eigene, vermeintlich wichtige, das große Ganze betrachtet aber vermutlich irrelevante Entscheidungen zugestand. Ob wir aber auf Menschen trafen, die die richtigen für uns waren, ob irgendwann ein Hirntumor in unserem Kopf wuchs, ob unsere Familie bei einem Autounfall ums Leben kam oder ob wir vielleicht keine Kinder bekommen konnten – war, gelinde gesagt, Lotterie. Oder man nannte es »Zufall«, was der Begriff war, den Menschen benutzten, wenn ihnen das Schicksal zu esoterisch und das Konzept eines Gottes zu rauschebärtig war.

Die Abende mit Valentin, wir trafen uns vielleicht vier Male, waren eine willkommen ablenkende Blase. Eine Blase, in der vornehmlich erquickliche Dinge geschahen. Mal saßen wir auf Steinen an der Isar, dann auf den Brückenpfeilern der Reichenbachbrücke, ein anderes Mal auf der winzigen Zenneckbrücke, die die rechte Isarseite mit der Museumsinsel verband. Wir streckten unsere Beine durch das Geländer und ließen unsere Beine zehn Meter über dem Wasser baumeln. Immer rauchten wir, meistens tranken wir Radler, ein einziges Mal hatte Valentin eine Flasche Rotwein und Gläser in ein Küchenhandtuch gewickelt und in seinem Turnbeutel auf dem Skateboard transportiert. Wir teilten eine Vorliebe für Brausestäbchen, diese wurden fortan unser gemeinsamer abendlicher Snack.

Valentin war ein wunderbarer, sonderbarer Mensch. Zusätzlich zu seinem eigentümlichen, wenn auch für die Stilrichtung des Hipsters stereotypischen, Look – so ironisch und individuell, wie man Hosenträger nun mal tragen konnte – hatte Valentin auch eine besondere Art zu sprechen. Es klang nasal, die Worte, die er verwendete, waren reflektiert und ruhig. Er benutzte dennoch häufig Füllwörter wie »eben«, »halt«, »tatsächlich«, die einem aber nicht als störend auffielen. Er stellte manchmal rhetorische Fragen, jeder seiner Sätze bestand aus mindestens zwei Nebensätzen, auf witzige Weise übertrieb er alle paar Minuten einen Aspekt oder eine Zahl. Die Menge der Anglizismen, die er benutzte, war perfekt; zu viel, um nicht zu merken, dass er ein Millenial war, zu wenig, um sie nervig zu finden. Oft fing er schon an zu sprechen, obwohl er eigentlich noch nachdachte.

Valentin interessierte sich für Fotografie, mehr noch, er verdiente den Großteil seines Lebensunterhalts mit professionellen Shootings, allerdings ohne Digitales. Seine spezielle Begabung bestand in analogem Fotografieren. Er besaß drei verschiedene Kameras, unter anderem eine Leica, von der er regelmäßig schwärmte.

Im Grunde fühlte er sich von den Menschen um ihn permanent missverstanden, er fühlte sich manchmal nicht mal auf dem richtigen Planeten, wie schon gesagt er war ein wunderbarer Sonderling. Menschen, von denen er sich nicht missverstanden fühlte, bildeten für ihn eine angenehme Ausnahme. Ich gehörte offenbar dazu.

Wenn wir beide nicht über alles mögliche diskutierten, knutschten wir. Man konnte es tatsächlich nur mit »knutschen« zutreffend beschreiben, eigentlich waren wir beide etwa zehn Jahre zu alt für den aufgeregten Enthusiasmus und die jugendliche Unschuld, mit der wir einander küssten. Einmal hatte es zu regnen begonnen und wir hatten uns lachend unter einer Art überdachten Vorbau, einen Bogen unterhalb des Turms des Deutschen Museums gerettet. Die Vorstellung dieses Bildes war kitschig und die Realität war es tatsächlich auch. Dort hatten wir gestanden, rumgemacht, ich spürte, dass seine Küsse zum ersten Mal im Begriff waren, ein Mittel zum Zweck zu werden, um mich ins Bett zu bekommen. Aber ich wollte nicht mit Valentin schlafen, heute nicht und in absehbarer Zeit nicht. Er war für mich ein Flirt, ein feiner, mit dem ich mich unterhalten und rauchen wollte, dessen Küsse ich genoss; die Leichtigkeit seiner Gegenwart wollte ich nicht mit etwas so Unwesentlichem wie Sex beschweren.

Küsse sind zwar unheimlich intim, aber sie sind einfach, sie sind unkompliziert zu koordinieren, man kann sie auf der Straße, in der Öffentlichkeit austauschen. Wenn wir uns bei ihnen nicht verlieben, sind sie konsequenzloser, anregender Zeitvertreib, Küsse sind schön. Sex war in meinen Augen nichts davon. Er forderte mehr von uns, er war emotional nicht folgenlos, zumindest für mich nicht, er erforderte örtliche Koordination und vor allem war er für mich oft genug alles andere als ausnahmslos schön gewesen.

Ich schob Valentin von mir weg und erklärte ihm ruhig, was er von mir bekommen konnte und was nicht, dass es eine Grenze gab, die ich ihn, so sehr ich ihn mochte, nicht übertreten ließe. Er nickte resigniert und ließ den Kopf hängen, aber seine Enttäuschung wandelte sich innerhalb von Sekunden in Wertschätzung darüber, was wir dennoch miteinander hatten. Er war genügsam und respektvoll, Eigenschaften, die Männern nach meiner Erfahrung zunehmend abhandenkamen.

Ich hatte auch deshalb keinen Nerv für eine Affäre, weil zu viel in meinem Leben meine Aufmerksamkeit forderte. Ich beendete gerade ein Praktikum bei BMW, suchte nach einer Wohnung in Paris, ich würde mit meiner Mutter demnächst in ein Beach Resort nach Marbella fliegen. Und ich war parallel auf Tinder angemeldet – ein Umstand, über den ich Valentin allerdings von Anfang an in Kenntnis gesetzt hatte. Manchmal gab ich ihm mein iPhone und ließ ihn eine Weile wischen. Ich konnte mir sicher sein, dass er nur Gutes für mich wollte und dass er in manchem eine bessere Intuition hatte als ich selbst. Manchmal diskutierte ich auch Matches oder Dates mit ihm – unser Verhältnis war so sonderbar wie eifersuchtslos, so übereinstimmend, dass aus uns kein Paar werden würde wie fürsorglich dem anderen gegenüber.

Als ich nach Paris zog, verdünnte sich unser Kontakt miteinander wie Wasserfarbe, die im Kasten noch deckend und kräftig wirkt, aufs Blatt aufgetragen aber mit jedem Pinselstrich durchsichtiger und schwächer.

Nach einigen Monaten war ich in München zu Besuch, es war nur ein langes Wochenende im Januar 2016. Der Winter war kalt, Paris hatte mir zugesetzt und ich lief nicht mehr ohne Mütze und einen dicken Daunenmantel herum. Als mir aufgefallen war, dass ich Bewerbungsbilder brauchte, bat ich Valentin mich zu fotografieren.

Er willigte ein, ohne zu zögern, und wir trafen uns an einem Freitagnachmittag im Arnulfpark. Er hatte ein gutes Gespür für Bewerbungsbilder im Freien, die nicht mit den klassischen, langweiligen vor einer Wand zu vergleichen waren. Er war ein guter Fotograf und er kannte mich, wusste wie ich wirken wollte und konnte. Nur in einer weißen Bluse, mit verschränkten Armen, im halben Profil, mit zusammengebundenen Haaren stand ich da, mein Mund lächelte, aber die Zähne sah man nicht. Ich fror, das konnte man sehen, ich fror so sehr. Es hatte etwa 6 Grad und mein angegriffener Körper quittierte mir alles mit überdurchschnittlicher Angestrengtheit. Valentin hatte so viele Ideen, mit Blazer, mit einem breiten, herzlichen Lachen, mit offenen Haaren, frontal oder einem herausfordernden provokativen Blick. Er wollte mich auf den Bildern, so sehr diese eine professionelle Intention verfolgten, zeigen wie er mich kennengelernt hatte. Ihm mussten meine blassen Lippen auffallen, die Augen, die in meinem schmal gewordenen Gesicht irgendwie verloren wirkten, die dichteren Armhärchen, die am unteren Ärmelrand der Bluse hervorschauten. Wenn ich nicht das Objektiv fixierte sah ich aus wie ein Geist. Doch er sagte nichts, er sagte nicht, dass er sich Sorgen machte. Er war hier, um Fotos zu machen und weil er mich als klug erlebt hatte, musste ihm klar sein, dass ich mir selbst genug Sorgen machte.

»Ich weiß, es ist kalt, aber würdest Du für mich noch ein weiteres Motiv machen?« Ihm war die Idee gekommen, mir eine Erinnerung zu schenken, die einen Moment des Friedens, der Ruhe dokumentierte – auch wenn mein Körper und ich in einer Art Krieg waren. Er dirigierte mich vor ein paar aschgraue Gräser, man würde sie später nur als verschwommenen, aber ganz offensichtlich nicht professionellen Hintergrund erkennen können.

»Jetzt nimm Deine Brille ab, schließ die Augen und stell Dir etwas Schönes vor. Du musst nicht lächeln, wenn Du nicht möchtest.« Ich schloss meine Augen, meine Hände waren blau angelaufen, ich knetete die Finger ineinander.

Er strich mir eine Haarsträhne hinters Ohr und legte meinen Pferdeschwanz so über die Schulter, dass man sehen konnte, dass ich langes Haar hatte.

Als Valentin später unter den dreihundert Bildern die auswählte, die er Milena geben würde, blieb er bei dem letzten, freien Motiv hängen. Es zeigte eine junge Frau, sie war bleich, fast so weiß wie die Bluse, die sie trug. Sie hatte rotbraunes, glattes mittellanges Haar, der Scheitel war nicht ganz gerade, ein paar Strähnen umspielten ihre Ohren. Man konnte erkennen, dass sie Eyeliner trug, das pink auf ihren Lippen passte perfekt zu ihrem Teint und ihren Haaren. Das Bild zeigte eine zerbrechliche junge Frau, die ein leichtes Lächeln auf den Lippen trug, gerade so als denke sie nicht daran, was das Leben ihr und sie sich abverlangte, sondern nur an all das Schöne, das noch vor ihr lag.

Es war das letzte Mal, dass Valentin sie sah. Er hatte sie nie gefragt, was sie sich in diesem Moment vorgestellt hatte.

50

SCHWABING

August 2015

Er war mein erstes Tinder Date, ich hatte keine Ahnung wie all das funktionierte. Wir trafen uns in der Goldenen Bar. Weil ich nicht wusste, wo man so hinging, hatte ich ihn aussuchen lassen. Es war ein warmer Abend Ende Juli und ich trug eine schwarze Culotte und ein schwarzes ärmelloses Oberteil, das etwa 8 Zentimeter über dem Bund der Culotte endete. Es ließ den Ansatz meiner Bauchmuskeln erkennen, ich war stolz auf meinen trainierten Körper. In meinen schwarzen spitzen Pumps trat ich auf die Terrasse der Goldenen Bar, ich kniff die Augen zusammen, um ausmachen zu können, wo er saß. Er hatte sich an einem Tisch neben einer der Säulen niedergelassen und studierte die Getränkekarte. Er sah genauso aus wie auf seinen Bildern. Ich ging auf ihn zu, als er mich erkannte, stand er auf und begrüßte mich mit einem Kuss auf die Wange. Wir setzten uns.

»Du bist also Milena.«

»So sieht es aus, ja.« Ich lächelte. »Ich mache das hier zum ersten Mal und ich bin ein bisschen nervös ehrlich gesagt.«

Er lächelte zurück. Er wirkte entspannt, zumindest strahlte er eine Ruhe aus, die auf mich abfärbte.

»Was möchtest Du denn gerne trinken, weißt Du das schon?« fragte er mich. Ich entschied mich für Campari Orange, meinen Lieblingsdrink, den ich schon seit Jahren im Sommer gerne trank. Er schmeckte erfrischend und doch war genug Alkohol drin, um die eigene Angespanntheit aufzulockern und einen runterkommen zu lassen. Wir bestellten, er wählte einen Munich Mule.

Ich hatte nicht gemerkt, wie die ersten zwei, drei Stunden vergangen waren, irgendwie waren wir von einem Thema aufs nächste gekommen. Er studierte BWL an der Technischen Universität in München, kurz TUM, schloss gerade seinen Bachelor ab. Ich, die auch BWL studierte, erzählte ihm, dass ich in einigen Wochen noch mal ins Ausland gehen würde, für meine letzten beiden Master-Semester. Seine Mundwinkel zuckten leicht merklich, bildete ich mir ein.

Wir waren beide vor einigen Jahren mehrere Monate in Indien gewesen und unterhielten uns darüber, was uns gut gefallen, was uns gestört hatte und ob wir wieder hinfahren würden. Unsere Einschätzung zu Indien zeichnete unser beider Charakter passgenau nach. Während er die Dinge scheinbar eher gelassen betrachtete, die Kultur als interessant, die Zeit dort als einmaliges Abenteuer gesehen hatte, war es für mich eine Herausforderung, zu laut, zu dreckig, zu anstrengend gewesen. Ich hatte mich dort oft gequält. Über die atemberaubende Schönheit des Taj Mahal fanden wir jedoch schließlich eine versöhnliche Meinung, die wir teilen konnten.

Es war mittlerweile dunkel geworden und Henry hatte unsere Getränke bezahlt. Er schlug vor, noch einen kleinen Spaziergang durch den angrenzenden Englischen Garten zu machen und mich danach zur Tram zu bringen. Meine Vernunft fragte mich höflich, ob es eine gute Idee war, mit einem Mann, den ich erst seit einigen Stunden kannte, allein durch einen dunklen Park zu laufen. Ich bejahte, denn Henry, war ich mir sicher, konnte ich vertrauen. Wir gingen die Stufen der Terrasse hinab und bogen auf einen kleinen Weg ein, der Kies knirschte unter unseren Schuhen. Ich hatte mich bei Henry untergehakt, denn mit den Absätzen sank ich leicht ein. Er achtete darauf, dort entlangzugehen, wo durch Laternen zumindest noch ein wenig Licht hin schien. Offenbar hatte er mein kurzes Unbehagen bemerkt und reagierte nun darauf. Ich mochte ihn, ich fühlte mich wohl. Ich spürte seinen warmen Arm an meiner Seite. Wir schwiegen.

An einer Stelle blieb er plötzlich stehen. Es wirkte, als habe er seit einigen Schritten schon mit sich gerungen. Es war nicht hell, aber auch nicht stockfinster, ich konnte seine Umrisse deutlich erkennen. Er drehte sich zu mir und löste seinen Arm von meinem. Ich sah, wie er beide Hände hob, sich zur mir beugte und schon spürte ich seine Handflächen auf meinen Wangen. Mein Herz schlug schnell, ich wusste, dass er mich küssen würde. Seine Lippen fühlten sich weich und spröde zugleich an. Ich war aufgeregt, mein Puls war in die Höhe geschossen, aber jetzt genoss ich den Kuss wie kaum etwas in letzter Zeit. Er küsste gut. Ich hätte nicht sagen können, wie lange wir dort standen. Eine Hand hatte ich auf sein rechtes Schulterblatt gelegt, die andere in seinen dunkelblonden, leicht gelockten Haaren vergraben. Ich liebte den Moment, er war perfekt, er war leicht und ohne Erwartungen. Nach etwas, was einige Minuten gewesen sein konnten, ließen wir einander los und schauten uns an. Beide lächelten wir vor uns hin. Er nahm meine Hand und brachte mich die letzten 200 Meter zur Tramhaltestelle »Nationalmuseum / Haus der Kunst«. Dort wartete er mit mir, küsste mich noch mal und verabschiedete sich mit den Worten »Bis bald!«

Wir beide ahnten nicht, dass wir diesen Abend fast 3 Jahre später exakt erneut so durchleben würden – mit dem einzigen Unterschied, dass wir uns da natürlich schon kannten. Henry war einer der Männer, die mein Leben durchschüttelten, die auf unerklärliche Weise offenlegten, welche Dinge ich an meinem jeweils gegenwärtigen Leben mochte und welche nicht.

Wir verabredeten uns für den darauffolgenden Abend. Henry wollte mich zum Essen ausführen, hatte er geschrieben. Da er in Schwabing wohnte, schlug er den Ort vor. Den Kaisergarten mochte er mit am liebsten. Ich googelte und lehnte ab, Biergärten waren nicht mein Fall. Seine Alternative war das Garbo, ein Italiener, in den er gerne und einigermaßen häufig ging. Ich bestellte Thunfischtartar, er eine Pizza Napoli. Auch dieser Abend flog dahin, wir lachten viel. Wir redeten über München und warum es uns gut gefiel, über Berufsfelder und Branchen, in denen wir uns nach unseren Abschlüssen vorstellen konnten zu arbeiten, über Sport, den wir beide gern trieben. Er dachte daran, nach seinem Master, den er auch an der TUM machen wollen würde, in die Wirtschaftsprüfung zu gehen. Er spielte Tennis und bestritt regelmäßig Turniere. Ich dagegen hatte keine Ahnung, was ich machen wollen würde, aber in München müsste es sein, denn ich hatte mich im letzten Jahr in die Stadt verliebt. Und ich lief regelmäßig, allerdings nur auf Laufbändern, was mir immer ein bisschen unangenehm war, wenn jemand anderes eine »richtige« Sportart betrieb. Es machte mir, um ganz ehrlich zu sein, den Großteil der Zeit auch keinen Spaß, aber effizient war es.

Nachdem wir uns die Rechnung geteilt hatten und gegangen waren, spazierten wir durch das abendliche Schwabing. Es war noch nicht dunkel. Es war mir nie gelungen, eine Verbindung zu diesem Viertel aufzubauen. Für meinen Geschmack gab es zu wenig Geschäfte, zu wenig Bars und zu viele Wohnhäuser, in denen wohlsituierte Familien, Juristen oder sonst wie geartete gehobene Mittelschicht lebte. Es war mir zu ruhig, zu gerade, zu vorgealtert, obwohl ich natürlich wusste, dass man Vierteln unrecht tat, wenn man sie beurteilte, ohne je in ihnen gewohnt zu haben. Von meinem Ein-Zimmer-Apartment im Gärtnerplatzviertel, war es nach Schwabing gefühlt eine Weltreise. Eine, die sich für Henry plötzlich nicht mehr nach einer anfühlte und die ich für ihn gerne in Kauf nahm. Für mich war er jetzt Schwabing und das reichte mir als positive Assoziation eigentlich für den Rest meines Lebens aus.

Etwas unvermittelt fragte er mich, ob ich mit zu ihm kommen wolle, er habe noch einen Rotwein da. Studenten, die Rotwein tranken, waren ihrer Lebensphase voraus; ich war beeindruckt von seiner Erwachsenheit. Ich zögerte. Nicht weil ich ihm nicht vertraute oder nicht neugierig gewesen wäre, wie seine Wohnung aussah. Viel mehr, weil ich befürchtete, er könne erwarten, dass ich mit ihm schliefe.

Irgendetwas in mir hatte mir in den letzten Monaten signalisiert, dass es nicht das Selbstfürsorglichste war, sehr früh mit Männern zu schlafen, die ich noch nicht besonders gut oder besonders lange kannte. Ich hatte das häufig gemacht, vor allem, weil ich mir, naiv wie ich gewesen war, erhofft hatte, dadurch an Zuneigung, Wärme oder Liebe zu kommen. Und manchmal auch aus einer Tendenz zur Selbstverletzung heraus. Ersteres hatte nicht nennenswert erfolgreich funktioniert, letzteres dafür umso besser. Es war Zeit, mal einen Gang runterzuschalten.

Ich würde, zumindest heute, nicht mit Henry schlafen, obwohl ich ihn anziehend und attraktiv fand und mir vorstellen konnte, dass es gut sein würde. So gut wie Sex mit Anfang, Mitte 20 sein konnte. Wenn man noch nicht wirklich wusste, was einem gefiel. Wenn Männer zwar schon hinreichend Erfahrung, aber immer noch zu wenig Selbstbewusstsein und Aufmerksamkeit hatten, auch mal nachzufragen. Und wenn Frauen noch gar nicht verstanden, dass es auch um sie ging, dass das Ganze anatomisch komplizierter war, als sie Worte dafür fanden und noch lange nicht die Sicherheit hatten, diese auch auszusprechen. So gut oder erträglich konnte Sex in dem Alter höchstens sein. Hoffte ich zumindest.

»Okay, ja. Klar, komme ich mit. Ich weiß nur noch nicht... wie lange ich bleibe.« Ich hoffte, damit mögliche Erwartungen gemindert, mich selbst auf eine zurückhaltende Position gebracht zu haben. Er wirkte, als habe er den Hinweis verstanden.

»Klar. Und wenn Du gleich wieder gehen magst, gehst Du gleich wieder. Alles wie Du möchtest.« Er lächelte.

Als wir an seinem Haus ankamen, war ich irritiert. Es sah aus wie ein Wohnheim oder eine Art Plattenbau. Ich wusste gar nicht, dass es solche Gebäude in München überhaupt gab, schon gar nicht im biederen Schwabing.

Er deutete meinen Blick.

»Ja, von außen ist es nicht so schön. Aber warte erst mal die Aussicht ab. Und ich wohne allein, also keine nervigen WG-Mitbewohner oder so.«

Wir fuhren mit dem Aufzug in den 9. Stock und gingen einen langen Flur entlang zu seiner Wohnung. Er schloss die Tür auf und ich folgte ihm in das Apartment. Es bestand aus einer Art Eingangsbereich, einem kleinen Bad und einem größeren Schlaf- und Wohnzimmer mit einer Küchenzeile. Die Fensterfront war bodenhoch und der Balkon überraschend groß. Von hier aus konnte man den Vierzylinder sehen, jenen einigermaßen bekannten BMW-Turm. Er lebte in ziemlichem Chaos, überall lagen Klamotten und Gegenstände herum, es schien ihn nicht zu stören.

»Darf ich?« Ich deutete mit einer Geste aufs Bett, die fragte, ob es in Ordnung wäre, sich zu setzen. »Natürlich.« Er räusperte sich. »Dann hole ich mal den angekündigten Rotwein.« Ich beobachtete ihn, er fischte aus dem Küchenschrank tatsächlich zwei saubere Rotweingläser und klemmte sich die angebrochene, mit einem Korken verschlossene Flasche Lambrusco unter den Arm. Ich verstand nichts von Wein, schon gar nicht von Rotwein, aber ich hatte aufs Etikett gespäht.

Er setzte sich auf einen niedrigen Butterfly-Sessel, den er direkt neben das Bett geschoben hatte, und schenkte uns ein.

»Cheers!« Wir stießen an. Nachdem wir getrunken hatten, wechselte Henry unvermittelt von seinem Sessel neben mich aufs Bett. Er nahm mir das Glas aus der Hand und stellte beide Gläser auf seinem Nachttisch ab. Er fing an, mich zu küssen, eine Hand hatte er auf mein Bein gelegt. Ich mochte seine Küsse, sie waren leidenschaftlich, aber nicht übertrieben. Doch ich konnte nicht aufhören an mögliche Erwartungen zu denken, ich wollte es lieber früher als später klären. Ich schob ihn etwas weg von mir. »Du, ich weiß gerade nicht, ob mir das nicht alles ein bisschen schnell geht.« Ich stand auf. Er schaute überrascht, fragend, verunsichert. »Das Küssen jetzt? Oder das mit der Wohnung? Ich wollte Dich jetzt nicht zu irgendwas nötigen oder so. Mir war, als wolltest Du gerne mitkommen.« »Ja, wollte ich ja auch. Da ist auch gar nicht das Ding. Also...« Ich knetete meine Hände und weil ich nicht wusste, wo ich anfangen sollte, griff ich nach meinem Glas. Ich fing an, mit dem Rotweinglas in der Hand, langsam im Zimmer auf und ab zu gehen. »Also, weißt Du, ich nehme jetzt einfach mal an, dass Du schon möglicherweise jetzt, heute mit mir schlafen wollen würdest, aber ich bin mir nicht so sicher, ob das eine gute Idee ist. Also für mich. Wir kennen uns ja noch nicht so lange. Und ich glaube, es wäre einfach besser, wenn wir uns noch etwas kennenlernen würden.« Ich schaute ihn an und suchte in seinem Gesicht nach einem Zeichen von Verständnis oder von Belustigung. Was ich fand lag irgendwo in der Mitte. Er grinste, aber nicht herablassend oder amüsiert. »Okay. Also ja, ich hätte schon gerne Sex mit Dir. Auch heute. Aber ist okay für mich. Natürlich.«

Ich ging weiter auf und ab.

»Also es gäbe schon gute Gründe dafür, mit Dir zu schlafen. Aber naja. Ich weiß auch nicht. Ich fände es schön, wenn aus uns mehr würde. Und ich habe auch nicht so gute Erfahrungen in den letzten Monaten, Jahren gemacht.«

Ich machte es gerade um so viel komplizierter als es war. Für uns beide. Ihn quälte ich mit dem Rest einer fast schon gestorbenen Hoffnung auf Intimität, mich selbst mit einer seltsamen Kombination aus Unsicherheit und Konsequenz. Ich schaute ihn wieder an.

»Ähm. Du musst Dich vor mir nicht rechtfertigen. Wenn Du warten möchtest, dann ist das wie gesagt fein. Du musst Dich halt nur entscheiden. Also so ›geh mit Gott, aber geh‹ mäßig.«

»Hm. Okay.« Der Gedankengang war bei mir offenbar noch nicht abschließend verarbeitet. Der Satz »Ich würde sehr gerne heute Nacht hierbleiben, aber bitte respektiere, dass ich noch ein bisschen Zeit brauche, bevor ich mit Dir schlafe« hätte vollkommen gereicht, aber ich spürte in mir einen seltsamen Drang danach, Argumente zu liefern, zu belegen, warum ich nicht mehr gänzlich unbesorgt an Sex gehen konnte. Ich hatte die Befürchtung, ihn zu kränken, ihn abzulehnen; nichts hätte mir ferner gelegen.

Er schien meine Gedanken zu lesen.

»Du kannst natürlich auch einfach so hier schlafen. Das weißt Du, oder? Es ist ja schon spät und Du musst jetzt nicht nach Hause gehen. Ich gebe Dir einfach ein T-Shirt von mir und ich habe bestimmt noch irgendwo eine unbenutzte Zahnbürste. Und ich verspreche Dir auch, dass ich nichts versuchen werde. Also... ja. You know what I mean.«

Ich lächelte und nickte.

»Okay. Dann würde ich sehr gerne bleiben.«

»Super, dann wäre das ja geklärt. Ich suche Dir mal was raus.« Er stand auf, ging an mir vorbei und legte eine Hand kurz auf meine Schulter. Es war eine liebevolle Berührung, eine, die einmal mehr meinte: »Es ist okay, wirklich. Ich verstehe das.«

Er ging vor einer kleinen Kommode in die Hocke und kramte in einer der Schubladen nach einem T-Shirt.

»Da. Schau mal, ich glaube, das müsste lang genug sein. Brauchst Du noch Boxer-Shorts?«

»Danke Dir. Nein, ich glaube, das passt so.«

Er lächelte mich an.

Wir hatten uns die Zähne geputzt, uns umgezogen und uns etwas unbeholfen nebeneinander ins Bett gelegt. Überraschenderweise hatte er zwei Kopfkissen. Er spürte meine Unsicherheit, er musste sie spüren. Ich wusste nicht so recht, wohin mit meinen Armen und hatte mich auf die Seite gedreht. Er rutschte langsam von hinten an mich heran und legte seine Arme um mich. Ich fühlte seinen warmen, gleichmäßigen Atem im Nacken. Ich genoss seine Umarmung, seine leichten Küsse auf die Stelle zwischen Haaransatz und Halswirbel und seine respektvolle Zurückhaltung. Wir hatten unsere Hände ineinandergelegt und so schliefen wir ein.

Als ich aufwachte, lagen wir nicht mehr umarmt ineinander, aber meine rechte Hand hielt seine rechte noch immer fest. Ich lag auf dem Bauch und blinzelte auf den Wecker direkt neben mir. Es war 6:04 Uhr. Eigentlich zu früh für einen Samstag, zu früh für Drinks und Rotwein am Vorabend. Ich war erstaunlich wach und spürte keinen Kopfschmerz. Mein Mund war trocken, ich schaute zu Henry, der still atmete und so schnell nicht aufzuwachen schien. Ich löste meine Hand vorsichtig aus seiner und hob meine Beine langsam über die Bettkante. Er hatte zur Wand geschlafen, das erleichterte es mir, unbemerkt aufzustehen. Auf nackten Füßen ging ich zum Fenster. Die Sonne schien, aber sie blendete nicht. Der Balkon musste zum Norden ausgerichtet sein, andernfalls hätten die Sonnenstrahlen schon ins Zimmer fallen müssen und der Vierzylinder wäre von hier aus nicht zu sehen gewesen. Die Welt draußen wirkte ruhig. Am Boden vor dem Fenster stand ein schwarzer Rimowa-Trolley, auf ihm eine Louis Vuitton Reistasche. Das Modell nannte sich »Keepall 45 mit Schulterriemen« in der Farbe »Damier Graphite Canvas«. Es war für Herren gedacht und kostete etwa 1.600 Euro. Ich kannte mich mit der Marke aus, immer wenn man mich allerdings als Handtaschen-Tussi einstufte, wurde ich ärgerlich. Ich war weit entfernt davon.

Henry hatte offensichtlich Geschmack. Und Geld, Geld musste er auch haben.

Ich drehte mich um und ging leise durchs Zimmer. Am Abend zuvor hatte ich vieles nicht wahrgenommen, das Bücherregal zum Beispiel. Er besaß viele Bücher, meine Augen glitten über die Titel auf den Buchrücken. Dort standen Reiseführer über Rom, Indien, Barcelona, London, Frankreich und die kroatische Küste sowie ein Bildband über Australien. Er besaß Standardwerke für Betriebswirtschaftler, denen ich zumindest in der Bibliothek auch schon das eine oder andere Mal begegnet war: da waren Mikroökonomie von Pearson, der »Wöhe«, »Wirtschaftsprivatrecht kompakt« und mehrere Vorbereitungsbücher auf den GMAT, einen Test, den man zur Zulassung für ein Masterstudium in BWL an den meisten Unis benötigte. Dazwischen verstreut einiges, was sich schwer definierbaren Genres zuordnen ließ wie zum Beispiel das Grundgesetz für die Bundesrepublik Deutschland, »Shantaram«, »Gestatten Elite« und einiges von Paulo Coelho, Kurt Tucholsky und Stephen Hawking sowie diverse Kochbücher. Der Mann las also, wie erfreulich.

Ich ließ meinen Blick weiter durch die Wohnung schweifen. An der einen Wand hing eine gerahmte Fotografie von was die junge Kate Moss und der sehr junge Leonardo DiCaprio Anfang der 90er in New York sein mussten. Auch eine Fotographie der Insel Manhattans von oben in schwarz-weiß hing da. Ich schaute zum Bett, Henry schlief noch immer. Leise ging ich in den Flur. Auf einer kleinen Anrichte fand sich ein Sammelsurium von Uhren, darunter eine von Daniel Wellington und eine IWC Schaffhausen. Ich schluckte. Er hatte offenbar echt Geld oder vermutlich eher seine Eltern, aber es gelang ihm sehr gut, es nicht raushängen zu lassen. Dort lagen außerdem drei oder vier Sonnenbrillen von Ray Ban und die dazugehörigen Etuis, einige Packungen Taschentücher, Feuerzeuge, Schlüssel und ein kleines Kartenhalter-Portemonnaie von Prada. Mein Blick fiel auf einen aufgerissenen Brief seiner Uni, der achtlos dort hingeworfen zu sein schien. Es war wie ein Reflex, ich flog mit den Augen über seinen Nachnamen, seine Adresse und den Betreff. Ich schämte mich schon während ich las ein wenig; normalerweise war ich sehr respektvoll was die Privatsphäre anderer Menschen anging. Im nächsten Moment jedoch hatte ich bereits, als hätte irgendetwas die Kontrolle über mich übernommen, mein iPhone in der Hand und fotografierte den Briefkopf mit seiner Adresse ab. Ich schimpfte mich innerlich, ich fluchte lautlos, gleichzeitig hatte ich das dumpfe Gefühl, seine Adresse noch mal brauchen zu können.

Hier war die Grenze. Die Grenze dessen, wie sehr ich meine Nase unbemerkt in das Leben eines anderen Menschen stecken, wie sehr ich auf der Suche nach bislang nicht vorhandenen Leichen in jemandes Dasein dringen wollte, den ich sehr mochte, dessen Vertrauen ich nicht zu missbrauchen oder verlieren beabsichtigte.

Ich schlich zurück in das Zimmer, in dem ich geschlafen hatte, in dem Henry noch immer schlief. Er sah so friedlich, so ehrlich aus. Es rührte mich. Ich nahm mein schwarzes Kleid, das ich über die Lehne des Sessels gehangen hatte und zog sein T-Shirt aus. Ich faltete es einmal und legte es auf die Seite des Bettes, auf der ich geschlafen hatte. Meine Unterwäsche hatte ich komplett angelassen und so musste ich nur noch in mein Kleid schlüpfen und war angezogen. Ich sammelte meine Handtasche und Ballerinas im Flur ein, vergewisserte mich, dass ich mein iPhone hatte und zog die Tür geräuschlos hinter mir zu.

Der Gedanke an gemeinsames Aufwachen, an die Ablehnung eines gemeinsamen Frühstücks, das ich nicht aß und der Tanz auf der Rasierklinge, ob wir den Tag miteinander verbringen wollten oder doch lieber nicht, hatten mich in der Entscheidung bestärkt, einfach zu gehen. Ich würde ihm nachher schreiben, er würde es verstehen. Wir würden uns sowieso wieder treffen.

»Ich wollte Dich nicht aufwecken vorhin. Und ich wollte zum Sport, bevor es so warm wird. Es war schön mit Dir« schrieb ich ihm am frühen Nachmittag. Auch er hatte sich bis dahin nicht gemeldet.

»Klar, kein Ding. Als ich aufgewacht bin und du weg warst, hab ich mich kurz gewundert. Aber ich war mir sicher, dass alles ok ist. Das Shirt riecht jetzt übrigens nach dir.« antwortete er.

Wir waren an jenem Wochenende beiderseits noch mit Freunden verabredet, er hatte ein Tennisturnier, doch wir würden uns wiedersehen wollen. Ich sagte ihm, dass ich mir etwas ausdächte, er antwortete, er sei gespannt. Er schickte mir ein einzelnes Kuss-Emoji hinterher, das mit dem Herzchen. Mein eigenes machte einen spürbaren Hopser. Ich hatte mich in Henry verknallt, zumindest ein ganz kleines bisschen.

»Nächsten Sonntag, 15 Uhr, unter Deinem Lieblingsbild. Ich warte dort auf Dich.« Er war schlau, ich war felsenfest überzeugt, dass er diesen Witz von einem Rätsel verstehen und zum richtigen Ort kommen würde.

Wir interessierten uns beide für Kunst, wir verstanden auch etwas davon und so hatte ich ihn bei einem unserer Treffen nach seinem Lieblingswerk oder seinem bevorzugten Künstler gefragt. Auf einen einzigen Künstler hatte er sich nicht festlegen wollen, doch das Gemälde war ihm leichtgefallen.

»Die Sonnenblumen von van Gogh, denke ich. Ich weiß auch nicht, was mir das gibt, aber es ist froh und es ist sehr... gelb. Ich mag Gelb.« Ich kannte mich wirklich gut mit Kunst aus und wusste ein paar Dinge über das Gemälde, deutlich mehr aber über van Gogh. Ich hatte das van Gogh Museum in Amsterdam besucht und sein Selbstbildnis, das berühmteste vermutlich, im Musée d'Orsay in Paris gesehen. Und ich war in das Kloster, genau genommen in die Abtei Saint-Paul-de-Mausole in Saint-Rémy-de-Provence, gefahren, in der van Gogh Ende des 19. Jahrhunderts etwa ein Jahr lang behandelt worden war. Es war damals eine Nervenheilanstalt gewesen, er hatte dort eine beeindruckende Anzahl seiner Werke gemalt. Das Sonnenblumenbild dagegen kannte ich nur rudimentär. Es hieß korrekt »Zwölf Sonnenblumen in einer Vase«, van Gogh hatte es als Teil einer Serie mit anderen, heute weniger bekannten, Sonnenblumenbildern im August 1888 in Arles, ebenfalls in Südfrankreich gemalt. Es war im Jahr 1912, also 22 Jahre, nachdem sein Schöpfer sich in die Brust geschossen hatte und an den Folgen gestorben war, von der Neuen Pinakothek in München erworben worden. Wie der Zufall es wollte, hing es da noch heute.

Henry war pünktlich, es war auf die Minute genau 15 Uhr. Ich saß auf einer Bank in dem Raum, in dem »Zwölf

Sonnenblumen in einer Vase« hing und betrachtete das Gemälde.

Wir hatten uns knapp eine Woche nicht gesehen, ein zeitlicher Abstand, bei dem er es scheinbar für angemessen hielt, von hinten an mich heranzutreten und wortlos seine Hände auf meine Schultern zu legen. Ohne mich umzudrehen, hob ich meine rechte Hand und griff nach seiner linken, die ich auf meiner Schulter fühlte. Er ging um mich herum, setzte sich neben mich und küsste mich geräuschlos auf die Wange. Wir blieben einige Minuten so sitzen, dann gingen wir langsam durch die weiteren Ausstellungsräume.

Als wir das Museum verließen, merkten wir wie muffig die Luft innen trotz diverser laut brummender Luftbefeuchter gewesen war. Wir atmeten beide durch.

»Wollen wir noch einen Kaffee trinken?« Henry musste in die Sonne blinzeln, um mich ansehen zu können. »Ich könnte Dir meine Uni zeigen, die hat zufällig auf der Dachterrasse ein Café.«

Die TU war nur wenige Minuten entfernt; dort angekommen, führte er mich durch den Innenhof und das Erdgeschoss und schließlich durch einen langen Gang.

»Streng genommen ist das hier die Fakultät für Architektur, ich habe hier also keine Vorlesungen oder so. Aber es gehört natürlich trotzdem zur TU. Und oben das nennt sich ›Café im Vorhoelzer Forum‹.« Er drückte den Knopf am Aufzug.

Wir fuhren in den 5. Stock, die Dachetage, und kamen durch einen kleinen Raum mit Glastheke auf eine Terrasse. Man konnte den Panoramablick über ganz München schweifen lassen, ich erkannte die Frauenkirche in der einen Richtung. An den Geländern waren kleine Schilder aufgestellt, der Umriss welchen Gebäudes wie hieß. Wenn man zum Horizont schaute, konnte man sogar die Alpen sehen.

Wir hatten uns beide einen Cappuccino bestellt und unser Getränk mit nach draußen genommen. Dort setzten wir uns nebeneinander auf eine kleine Bank, die Wand im Rücken, unsere Knie berührten sich.

»Bei mir geht es übrigens langsam in die heiße Phase.« sagte ich unvermittelt. Er schaute mich fragend an. »Naja, ich habe Dir doch erzählt, dass ich noch mal ins Ausland gehe, um meinen Master zu beenden und in 3 Wochen ziehe ich tatsächlich um. Nach Paris. Und gerade fange ich an zu packen, eine Wohnung dort habe ich schon, und ich wollte auch noch eine kleine Abschiedsparty machen. Ich fände es schön, wenn Du kommst.« All das war nur so aus mir herausgesprudelt, Henry dagegen war ein Teil seiner guten Laune aus dem Gesicht geglitten. Dass ich wegging, hatte er gewusst, aber er musste es in eine hintere Hirnwindung verdrängt haben.

»Ach stimmt. Ja, Du hast das an unserem ersten Abend erwähnt, aber ich glaube, ich wollte es noch ein bisschen aufschieben. Mir war nicht klar, dass das so bald ist.« Er wirkte geknickt, wollte es sich aber offenbar nicht anmerken lassen.

»Natürlich komme ich zu Deiner Party, schick mir die Details noch mal, das vergesse ich sonst eh.« Er grinste schief.

Mir taten die Umstände leid. Ich mochte ihn, ich wusste, aus uns könnte etwas werden, auch wenn es schwierig werden würde. Ich war immer wieder umgezogen in den letzten Jahren, hatte manchmal nur 3 Monate für ein Praktikum oder Auslandssemester in einer Stadt gelebt. Ich hatte beständige Freundschaften und sich anbahnende Beziehungen geopfert für ein akademisches Curriculum, das vielfältige Erfahrungen zum Preis von örtlicher und zwischenmenschlicher Kontinuität verkaufte. Manchmal schmerzte mich der Deal, so wie jetzt gerade. Ich war dankbar für das eine Jahr in

München, in dem ich arbeiten konnte, ohne zu studieren. Es reute mich, Henry erst jetzt kennengelernt zu haben.

»Ich weiß, das ist jetzt nicht ideal. Ich habe mich da aber vor über einem Jahr schon drauf festgelegt und ich muss das jetzt zu Ende machen. Und es muss nun mal leider auch Paris sein, weil sonst bekomme ich den Doppelabschluss nicht.« Irgendwie schien es sich durchzuziehen, dass großartige Chancen, die ich bekam, manchmal etwas schal schmeckten. Es hatte mich in der Ansicht gestärkt, dass alles im Leben einen Preis hatte, dass man nichts einfach so bekam, es musste schon auch ein bisschen unangenehm dabei sein.

Die Stimmung war zumindest für diesen Nachmittag im Eimer. Wir tranken unseren Cappuccino aus, Henry zeigte mir noch das eine oder andere Gebäude von hier oben aus, dann fuhren wir ins Erdgeschoss. Wir küssten uns zum Abschied, man konnte förmlich greifen, dass ein vorübergehender Knick zwischen uns beiden entstanden war.

Es war Ende August, der Abend meiner Abschiedsfeier war gekommen. Ich hatte die zehn bis fünfzehn Freunde und Bekannten, die ich in München hatte, zu mir eingeladen, es waren etwa sieben gekommen. Auf einem kleinen Tisch hatte ich diverse Getränke, Gläser, Servietten und Snacks angerichtet. Ich hatte mir zur Feier des Tages zwei Flaschen Moët & Chandon geleistet, außerdem hatte ich noch eine Flasche Ruinart Rosé Champagner, den ich als Abschiedsgeschenk eines meiner Praktika bekommen hatte. Es gab Wasser, Apfel- und Orangensaft, schwarze und grüne Oliven und diese gedrehten Käsestangen, die den seltsamen Namen »Apero-Flûtes« hatten.

Henry verspätete sich. Er trug gelbe Superga Sneakers, ich erinnerte mich, dass er gesagt hatte, dass er Gelb mochte. Er wirkte gehetzt, ein wenig unsicher, und begrüßte mich mit einer Umarmung. Ein Kuss vor den anderen Gästen erschien ihm unangebracht.

Der Abend schritt voran, es war ein nettes Zusammenkommen, es wurde geplaudert. Die Schwere der Tatsache, dass ich eine Stadt verließ, in der ich mich zum ersten Mal seit meiner Kindheit zuhause fühlte, dass ich die anwesenden Menschen lange nicht wiedersehen würde, hatte ich verdrängt, außerhalb der Wohnung abgestellt.

Als Henry andeutete, gehen zu wollen, brachte ich ihn nach draußen. Wir standen auf der von Laternen erleuchteten Straße vor dem Eingang des Hauses, in dem ich wohnte. Es war warm.

Henry nahm mein Gesicht in beide Hände und küsste mich, wie er mich an unserem ersten Abend geküsst hatte. Als er mich losließ, sah er traurig aus.

»Weißt Du, ich habe da drüber nachgedacht, also über uns. Ich hatte das schon mal, eine Fernbeziehung, meine damalige Freundin und ich waren in zwei verschiedenen Ländern. Und das... naja. Es ist nicht besonders gut gelaufen. Also wir waren noch zusammen am Ende, aber man leidet zwischendrin schon und ich habe mir gesagt, dass ich das nicht noch mal mache. Es tut mir leid. Ehrlich, Milena, es tut mir leid.«

Ich nickte. Als ich antwortete, klangen die Worte, als sagte sie jemand anderes.

»Natürlich respektiere ich das. Was anderes bleibt mir auch gar nicht übrig, oder?« Mein Mund formte ein Lachen, aber meine Augen lachten nicht. Ich atmete laut aus. »Ich mag Dich. Sehr sogar. Ich habe mich sehr wohlgefühlt mit Dir. Aber manchmal ist das Timing eben scheiße. Und so ist es jetzt halt auch.« Ich schluckte. Mir lief eine einzelne Träne die Wange hinab, aber ich hatte keine Angst, losweinen zu müssen. Ich küsste Henry, dann umarmte ich ihn lange.

Paris würde mich vereinnahmen, ich würde ihn vermissen. Doch schließlich, nach einigen Wochen oder Monaten würde das Ziepen bei dem Gedanken, nicht mit ihm zusammen sein zu können, verschwinden. Wir würden in Kontakt bleiben, das Gefühl von Anziehung, Respekt, Zuneigung konservieren und einander so im Gedächtnis behalten. Ich war mir sicher, wir würden das schaffen und es würde uns gelingen, einander freundschaftlich zu begegnen, wenn wir uns wiedersahen.

Wir lösten uns aus der Umarmung, Henry drückte meine Schultern mit beiden Händen. Dann drehte er sich um und ging die Baaderstraße entlang Richtung U-Bahn. Ich sah ihm noch einige Sekunden nach, dann drehte auch ich mich um und ging wieder ins Haus. Die einzelne Träne hatte ich nicht abgewischt, sie war auf meiner Wange vertrocknet. Wenn man ganz genau hinsah, hätte man eine winzige weiße Salzkruste erkennen können.

Ich hatte alle Kartons gepackt, sie eindeutig beschriftet und mit Paketband zugeklebt. Ich hatte außerdem einen Koffer und eine große Reisetasche sowie meine Handtasche mit Dingen, die ich in den nächsten Tagen brauchen würde, befüllt. Das Speditionsunternehmen, das meine Kartons transportieren würde, kam in einer halben Stunde, mein Zug nach Paris ging in 3 Stunden vom Hauptbahnhof München.

Es war alles vorbereitet, mein Nachmieter würde direkt von mir den Schlüssel übernehmen, wenn ich ging.

Es gab nur noch eine einzige Sache zu tun, ich musste noch eine Postkarte einwerfen.

Seit gut einer Woche hatten Henry und ich kaum noch geschrieben, vornehmlich Oberflächliches. Er wusste, dass ich heute führe, wir beide waren uns sicher, dass unsere Chats erst einmal einschlafen würden. Es würde besser so sein. Für uns beide.

Ich hatte entschieden, dass ich ihm mit einer kleinen Geste Lebewohl sagen wollte; eine, aus der ersichtlich würde, dass er etwas Besonderes für mich gewesen war.

Auf eine Postkarte hatte ich in meiner markanten Handschrift, es waren lange, dünne Buchstaben, geschrieben:

»Lieber Henry, danke für die drei selten, aber schönen Dates – ich habe die Momente mit Dir sehr genossen. Viel Erfolg bei der Klausur und einen tollen Urlaub. xx Milena«. Die Briefmarke hatte ich bereits aufgeklebt, die Adresse hatte ich von dem abfotografierten Briefkopf aus meinem iPhone abgeschrieben. Es war also doch für etwas gut gewesen. Ich musste die Karte nur noch einwerfen. Ich schluckte einen kleinen Kloß herunter und erfreute mich am Zufall, der mir Henry und ein paar schöne Wochen in München noch beschert hatte. Ich lächelte und drehte die Karte herum.

Die Vorderseite zeigte »Zwölf Sonnenblumen in einer Vase« von Vincent van Gogh.

DIE JAGD

November 2016

Ich hatte Ludwig im November kennengelernt, auch ihn hatte ich auf Tinder gefunden. Seit einigen Monaten war ich zurück aus München, Paris hatte ich hinter mir gelassen.

Ein neuer Versuch mit Henry hatte sich allerdings unpassend angefühlt, ich war jetzt jemand anderes.

Wenn ich später in meinem Leben an Paris zurückdenken würde, so war es für mich noch immer die schönste Stadt, in der man sich vorstellen konnte zu leben und dennoch waren es die einsamsten, dunkelsten, traurigsten Monate meines bisherigen Lebens gewesen. Mit Fug und Recht hatte man von einer mittleren Depression sprechen können, ich hatte viel geweint. Zurück in München konnte ich wieder die Sonne sehen. Die Antidepressiva, die ich mir vorübergehend verschreiben hatte lassen, schlugen an. Das Weinen wurde weniger, meine Panikattacken verschwanden.

Mit Ludwig hatte ich ein, zwei Wochen hin und her geschrieben bis wir vereinbarten, uns zu treffen. Er lebte nicht in München, sondern in Landshut, genauer genommen in einem winzigen Dorf in der Nähe davon. Er hatte mich scherzhaft gewarnt, dass er »leichtes Oberbayrisch« spräche, etwas, das mich verunsicherte, wenn ich mir die in meinen Augen absteigende Attraktivität manch anderer Dialekte vor Augen führte.

Wir trafen uns in der Sophias Bar im The Charles Hotel, ich hatte den Ort ausgewählt. Als ich merkte, dass ich mich leicht verspäten würde, schrieb ich ihm:

»Schaffe es leider erst kurz nach acht. Aber Du weißt ja: ›it's better to arrive late than to arrive ugly‹. «

Er antwortete: »So, weiß ich das?«

Als ich die Bar betrat, konnte ich ihn bereits am Ende des Raums sitzen sehen. Er stand auf, als ich näherkam und begrüßte mich mit einem Kuss auf die Wange. Er war attraktiv, aber nicht auf eine aufdringliche Weise. Nicht die Sorte Attraktivität, bei der man sich sicher war, dass der Mann ein Arschloch sein musste, weil er bislang in seinem Leben keinen guten Charakter hatte haben müssen. Eher eine Art zurückhaltende Attraktivität. Er war schlank und wirkte fit, er war vermutlich so um die 1,75 Meter groß und hatte dunkelblondes Haar. Seine Augen waren blaugrau, er trug eine Stoffhose und ein ordentlich gebügeltes Hemd. Alles an ihm wirkte irgendwie ordentlich. Er strahlte eine freundliche Gelassenheit aus, aber in seinen Augen erkannte ich etwas Schelmisches.

»Grüß Dich, ich bin der Ludwig.« er lächelte.

»Okay. wenn Du so redest, kann ich Dich wirklich verstehen. Aber sorry, ich bin Milena.« Meine ungelenke Begrüßung war mir im nächsten Moment unangenehm, er nahm den Ball auf. »Naja so ein Hinterwäldler bin ich jetzt auch wieder nicht. Ich weiß gar nicht, was Du erwartet hast.« Er lachte dabei und zupfte an seinem Hemd herum. Ich gewann den Eindruck, dass Ludwig jemand war, bei dem es lange brauchte, bis er jemandem böse werden würde.

»Sorry. Ich fühle mich schrecklich, so wollte ich das Gespräch natürlich nicht beginnen.« Ich hielt die Hände vor das Gesicht und senkte den Kopf, es war eine spielerische Geste der Scham. Zumindest das Eis schien zwischen uns gebrochen.

Der Abend verflog, wir erzählten einander von unseren Leben, unseren Jobs, unseren Freunden. Wenn man aufmerksam zuhörte, musste einem auffallen, dass wir im Grunde wenig bis nichts gemeinsam hatten. Weder Hobbys noch Kompetenzen, die wir in unseren Berufen auslebten, noch die Emotionalität, mit der man für gewöhnlich über sein Leben, über Dinge, die einen ausmachten oder begeisterten oder über Gefühle im Allgemeinen sprach. Wir beide bemerkten es nicht, uns fiel nicht auf, dass unsere Lebensrealitäten nichts miteinander zu tun hatten. Wir mochten uns einfach.

Er lebte auf dem Land und fühlte sich dort zuhause, er brauchte die Natur, die Stille, sagte er. Er arbeitete in der IT bei BMW in Dingolfing, dort pendelte er jeden Tag hin, schließlich fuhr er immer einen der neueren BMW-Modelle als Firmenwagen. Außerdem war er handwerklich geschickt, baute selbst Dachböden aus oder schreinerte kleinere Möbelstücke. Und er ging zur Jagd, auf Hasen, Enten, Füchse und Hirsche schoss er, manchmal zerlegte er die Tiere und verschenkte Teile davon als Filet in seinem Bekanntenkreis. Für ihn war es normal und eine Leidenschaft, nicht in Ansätzen hätte er das für unmoralisch oder barbarisch halten können.

Ich lebte in der Stadt und würde in meiner derzeitigen Lebensphase nicht für Geld aufs Land ziehen. Ich mochte es in München, ich brauchte die Bars, die Cafés, Museen, Geschäfte und Möglichkeiten. Ich hatte nach meinem Abschluss im Marketing eines Konzerns angefangen, es gefiel mir dort. Schon seit einigen Jahren hatte ich keine richtigen Hobbys mehr, aber auf Laufbändern zu traben, in Ausstellungen zu gehen oder Bars zu besuchen erschienen mir ausreichend befriedigende Freizeitbeschäftigungen. Ich trug gerne Schuhe mit Absatz, ließ mir alle zwei Wochen die Fingernägel machen und konnte mit Natur ausgesprochen wenig anfangen. Manchmal sprach ich von »kontrollierter Natur« und meinte damit den Englischen Garten oder geteerte Wege an der Isar entlang. Ich war, wenn man so wollte, einfach nicht unbedingt der natürliche Typ.

Dennoch fühlten wir uns in der Gegenwart des anderen überraschend wohl. Wir spürten, dass etwas zwischen uns war, ein wirkliches Knistern, das sich um gemeinsame Interessen oder eine Perspektive nicht scherte, ihrer nicht bedurfte.

Am Ende des Abends bot er mir an, mich nach Hause zu fahren, ich nahm an.

In den nächsten Wochen glitten wir so unproblematisch wie nur möglich in eine Beziehung. Alles an unserem Zusammensein war harmonisch, wir waren so gut wie immer einer Meinung, interessierten uns aufrichtig für den anderen. Ludwig fuhr einmal pro Woche, meistens samstags, zu mir nach München, wir schauten einen Film, bestellten etwas zum Essen, manchmal gingen wir auch in eine Bar, schliefen miteinander.

Einmal gingen wir zusammen in eines meiner Lieblingsmuseen in München, das Museum Brandhorst und sahen uns dort die zu diesem Zeitpunkt aktuelle Ausstellung eines zeitgenössischen Künstlers namens Cy Twombly, »In the Studio«, an.

Auf der Eingangsebene hing ein imposantes Gemälde, eine Art monumentale Kreidetafel, allerdings ohne erkennbare Buchstaben oder Zeichen. Es war gewaltig, wir waren beide beeindruckt und es entspann sich ein Gespräch darüber, wie groß ein Haus sein müsse, damit man ein etwa 6 x 8 Meter großes Bild wie dieses unauffällig im Flur platzieren könnte und es nicht protzig wirken würde. Wir überlegten, ob der Sinn darin eher zweckmäßiger oder ästhetischer Natur sei. Wir taten das, was Kunst im Allgemeinen mit einem tun soll: Wir sponnen unsere eigenen Gedanken und ließen uns von dem Bild zu etwas bewegen.

Nur einmal fuhr ich mit zu Ludwig nach Landshut. Genauer gesagt fuhr ich allein mit dem Regionalexpress hin, er war schon dort und holte mich ab. Es war der Silvestertag 2016, abends waren wir bei Freunden von ihm eingeladen, die ich nicht kannte.

Am Nachmittag hatte er mir zeigen wollen, was er so tat, wenn er nicht zur Jagd ging, aber dennoch im Freien arbeitete. So nannte er es, »arbeiten«. Er gab mir ausgetretene Turnschuhe seiner Mutter, wir durften in etwa die gleiche Schuhgröße haben. Dann nahm er einen fünf bis sechs Kilo schweren Eimer mit Futter und stellte ihn in den Kofferraum seines BMW. Wir fuhren einige Minuten, bis wir an einem matschigen Feldweg anhielten. Ludwig nahm den Eimer aus dem Kofferraum und stapfte durch den schmatzenden, leicht gefrorenen Schlamm in Richtung eines kleinen Tümpels. Ich kletterte aus dem Auto und watete hinterher, er sagte nichts. Am Tümpel angekommen, erkannte ich einige Enten und ein paar andere Arten von Wasservögeln. Ich kenne mich mit diesen Tieren nicht aus, hatte höchstens mal die Bezeichnungen »Haubentaucher«, »Rohrdommel« oder »Teichhuhn« gehört, aber natürlich keinen blassen Schimmer, wie ein Tier dieser Art aussah. Ludwig schien es nicht zu kümmern, für ihn waren es alles Enten. Die Aktivität nannte er »Enten füttern«.

Es schien ihn mit bewundernswertem Sinn zu erfüllen, ruhig kippte er auf diverse am Rand des Tümpels angebrachte Platten Teile des Futters. Es waren sehr wenig Tiere, die anderen kämen in den nächsten Stunden noch, meinte er dann. Ich wiederum konnte nicht verstehen, wieso man in dieser Kälte draußen herumstakste, um Tiere zu füttern, die vermutlich auch ohne die Hilfe von Menschen in der freien Wildbahn überlebten. Ich sagte nichts, folgte ihm nur zurück zum Auto.

Der Abend bei seinen Freunden verlief angenehm, es gab Raclette und ein über mehrere Stunden dauerndes Kriminalspiel wurde gespielt, an dessen Ende sich herausstellte, dass tatsächlich Ludwig der Mörder gewesen war. Wir schauten uns das Feuerwerk an der Isar an, ich umarmte viele Menschen, die ich erst seit einigen Stunden kannte. Ich fühlte mich in all dem merkwürdig unbeteiligt, der ganze Abend hätte exakt genauso ohne mich stattfinden können. Auch wenn Ludwigs Freunde, ohne Ausnahme Pärchen, auf eine nicht beschreibbare Art erleichtert wirkten, dass er jemanden mitgebracht hatte. Am nächsten Morgen fuhr er mich zurück nach München.

Eines Abends sagte Ludwig mir, dass er mich liebte. Ich war überrascht, hatte nicht erwartet, dass es so in ihm aussah. Und ich fühlte mich unter Druck gesetzt, »Ich Dich auch« zu erwidern – auch wenn er das sicher nicht beabsichtigt hatte. Ohne nachzudenken, ohne in mich hineinzuhören, ob Liebe die Bezeichnung war, die am treffendsten meine Gefühle für ihn zusammenfasste, antwortete ich ihm, dass auch ich ihn liebte. Die Worte klangen aufrichtig, aber sie schmeckten schal. Drei Mal hatte ich bisher Männern in meinem Leben gesagt, dass ich sie liebte und drei Male hatte es gestimmt. Wenn man jemanden liebt, dann weiß man es. Bei Ludwig wusste ich es nicht.

Ich mochte ihn sehr, ich vertraute ihm, ich genoss die Zeit mit ihm. Aber war das ausreichend, um es Liebe nennen zu können?

Ich dachte in den darauffolgenden Tagen immer wieder darüber nach. Wie wahrscheinlich es war, den »Einen« zu finden und wie wahrscheinlich es war, dass Ludwig einer von ihnen sein sollte. Er hatte mir mal von einem britischen Mathematiker erzählt, der diese Frage anhand einer Formel hatte beantworten wollen. Und theoretisch, falls seine Berechnung stimmte, war die Chance 1:285.000 – was im Umkehrschluss bedeutete, dass man zwingendermaßen nach 285.000 Dates und einer hinreichend gut ausgeprägten Intuition den oder die »Eine/n« gefunden haben musste. Davon wiederum konnte man sich deprimieren lassen, denn es sagte aus, dass derjenige, der abends neben einem auf dem Sofa saß mit nur 0,00000004-prozentiger Wahrscheinlichkeit derjenige war, der unübertreffbar gut zu uns passte. Man konnte sich davon auch beflügeln lassen und fest daran glauben, man habe die Statistik besiegt.

Ich tat nichts davon. Im Stillen glaubte ich daran, dass es für jeden Menschen mehrere Richtige gab, man konnte mehrere große Lieben haben. Ich nahm die Existenz der Formel hin, ich akzeptierte sie, aber ich glaubte nicht an sie. Ich glaubte nicht an sie, weil ich nicht daran glaube, dass sich das Leben in Berechnungen zähmen ließe und weil ich am eigenen Leib erfahren hatte, dass das Lebensmodell der seriellen Monogamie deutlich näher an unserer Realität lag als an der unserer Großeltern. Wir waren immer mal wieder für längere Phasen in monogamen Beziehungen – zumindest die meisten von uns – aber »bis dass der Tod uns scheidet« schüchterte uns ein.

Je länger ich in mich hinein hörte, desto klarer wurde mir, dass Ludwig nicht einer der »Einen« für mich war. Ich hatte in den ersten Wochen, nachdem wir uns kennengelernt hatten, nicht gewusst, was er für mich bedeutete und angenommen, er wisse es auch nicht. Alle Menschen, die in unser Leben treten, so war ich mir sicher, haben eine Aufgabe, sie sollen uns etwas zeigen, lehren, empfinden lassen. Manchmal begleiten uns diese Menschen nur in bestimmten Phasen und danach verschwinden sie wieder, andere wiederum bleiben für immer.

Und manchmal, manchmal hat man Intuitionen oder auch Hoffnungen, was aus einem selbst und dem anderen Menschen werden kann oder soll, was man sich wünscht, das passiert. Wenn man aber keine Hoffnungen hat und auch nicht den Wunsch, dieser Mensch könne für immer bleiben, hat man gar nichts. Manchmal macht einem aber auch das Leben einen Strich durch die Rechnung und alles kommt anders. Und manchmal haben zwei Menschen einfach unterschiedliche Emotionen, Vorstellungen und Pläne.

Ludwig schien mich in der Gewissheit über die eigenen Gefühle überholt zu haben.

Ich war davon überzeugt, dass erotische Liebe zwei Stadien kannte. Das erste Stadium war ein aufgeregtes, dramatisches, emotionales, volatiles, oft sehnsuchtsvolles – man hat kaum noch Hunger, wenn man an den anderen denkt, möchte einem das Herz aus der Brust springen, man könnte ständig miteinander schlafen. Ein Zustand, den man gemeinhin als »Verliebtheit« bezeichnete; die Zyniker nannten ihn Verblendung. Beziehungen, die in diesem Stadium verharren, weil ihnen das Potenzial für mehr fehlt, haben oft eine eher überschaubare Dauer.

Wenn man aber Glück hat, weicht dieses Stadium nach einer Weile einem stabileren – es weicht der Liebe. Man kennt sich besser, verlässt sich aufeinander, akzeptiert Fehler oder Charakterzüge leichter, man verbringt alltägliche Situationen und plant vielleicht in die Zukunft.

Dieser Ablauf macht Sinn, denn die Verliebtheit, eine Phase, die der Körper ähnlich einem Kokainrausch empfindet, kann keine dauerhafte sein. Die Liebe dagegen bleibt, auch wenn sie sich verändern und aufhören kann.

Ich hatte den seltsamen Eindruck, dass ich bei Ludwig die Phase der Verliebtheit übersprungen hatte, aber meine Gefühle auch nicht für Liebe reichten. War das dann etwas, das man Freundschaft nannte?

In meinen Gedanken behandelte ich fortwährend das Dilemma zwischen dem, was Sinn machte und dem, was mir fehlte. Mir war klar, dass Ludwig, der für mich Liebe empfand, mir nicht wehtun würde, dass ich mich auf ihn verlassen konnte, dass er meine Verlustängste heilen würde, dass ich auf Augenhöhe mit ihm kommunizieren und leben konnte. Aber mir war auch klar, dass diese Beziehung weder besonders aufregend war noch mich immer wieder überraschen würde – es dominierte der Kopf, der sagte: »Das Ganze macht Sinn, es passt alles, sei doch dankbar für das, was Du hast. Er tickt alle Boxen, ist intelligent, witzig, sieht gut aus, ist treu, Du magst seine Eltern und er Deine, wir verstehen uns, er liebt mich, er würde mir nicht weh tun.«

Aber mein Kopf konnte mein Herz, diesen sturen, ignoranten Klugscheißer, ohne dessen überschäumende Zustimmung leider alles nichts ist, nicht zum Schweigen bringen. Er konnte nicht machen, dass es aufhörte zu beklagen, dass der »sparkle« unabdingbar sei, vielleicht wichtiger als manche objektiven Kriterien. Vor allem aber fragte mein Herz mich immer wieder, ob ich glücklich war, ob ich den Rest meines Lebens so verbringen wollen würde. Mein Herz hatte Recht, denn ich antwortete mit »Nein. Nein, das will ich nicht.«

Ich fragte mich, ob es das Richtige war, Zeit mit jemandem zu verbringen, mit jemandem zusammen zu bleiben, obwohl man wusste, dass das Verhältnis keine Zukunft hatte. Wie viel lebte man im Heute, selbst wenn man wusste, dass das Morgen sehr wahrscheinlich nicht so werden wird, wie man es sich wünschte?

Und so sehr ich mich anstrengte, ich konnte es nicht sehen, ich vermochte kein Bild in meinem Kopf zu erzeugen, in dem ich mit Ludwig zusammenzog, wir uns verlobten, heiraten.

War es nicht idiotisch, ewig oder überhaupt zusammenzubleiben, wenn man bedachte, dass man sich selbst und den anderen wertvoller Lebenszeit beraubte? Lebenszeit, in der jemand auftauchen konnte, bei dem man das Bild von einer gemeinsamen Zukunft klar vor sich sehen, es berühren, sich darin wiederfinden konnte. Lebenszeit, in der man jeden Tag Liebe spürte und nicht Ungewissheit darüber, ob die eigenen Gefühle reichen. Lebenszeit, in der man kein schlechtes Gewissen dafür haben musste, dass der andere einen liebte und man selbst ihn nicht.

Ich hatte es in der Vergangenheit, wenn Männer mit mir Schluss gemacht hatten – Männer, die ich aufrichtig geliebt hatte – als unfair empfunden, wenn mir eine nicht mehr änderbare Entscheidung präsentiert worden war. Eine Entscheidung, die eine gemeinsame Perspektive ohne Wenn und Aber vom Tisch fegte. Eine, bei der ich nicht die Chance gehabt hatte, an mir zu arbeiten, bei der beide nicht die Chance gehabt hätten, an der Beziehung zu arbeiten. Oft trafen mich die Trennungen unvorbereitet, zumindest ich war bis zu jenen Zeitpunkten immer glücklich in den Beziehungen gewesen. Ich selbst wollte es anders machen, ich wollte fair sein. Ich wollte Ludwig einbeziehen in die Sorgen, die mich beschäftigten, auch wenn ich befürchtete, dass wir beide nur überschaubare Lösungsoptionen hätten.

Eines Nachmittags schlug ich vor, spazieren zu gehen, sich vielleicht in eine Bar zu setzen, um zu reden. Ludwig war nervös, ich merkte es ihm an. Er hatte eine gute Intuition für Dinge, die nicht so abliefen, wie sie sollten, für Verhaltensweisen, die neu waren. Wir liefen lange durch die Stadt, schließlich standen wir vor dem Bayrischen Hof, dessen Dachterrasse gerade wieder geöffnet hatte. Es war Anfang April, die ersten Sonnenstrahlen eines zaghaften Frühlings hatten sich den Tag über gehalten und tauchten die Terrasse in kupferfarbenes Nachmittagslicht. Er bestellte grünen Tee, ich einen Cappuccino und ein Glas Champagner. Grund zum Feiern gab es keinen.

Ich gab mir große Mühe, meine Unzufriedenheit nicht wie einen Vorwurf klingen zu lassen, nicht wie etwas, an dem er Schuld trug. Ich gestand ihm, dass ich unglücklich war in unserer Beziehung, dass es mir fehlte, wie wenig emotional und leidenschaftlich er war, dass ich keine Perspektive darin sah, einmal in der Woche den anderen in einer

fünfzig Minuten entfernten Stadt zu besuchen, dass ich nicht mit Gewissheit sagen konnte, ob meine Gefühle ausreichten.

Zu meiner Überraschung, irgendwo in mir auch zu meiner Beruhigung, tat auch er sich schwer. Er liebte mich, darin war er sich sicher, aber er bedauerte, dass wir kein einziges gemeinsames Interesse teilten, dass für uns beide der Wohnort so sehr zuhause war, dass wir ihn nicht für den anderen verlassen würden. Er bedauerte, dass seine Art der Emotionalität mir nicht auszureichen schien.

Das Tragische und gleichzeitig so Endgültige der Probleme unserer Beziehung war, dass sie sich einzig und allein dadurch lösen ließen, dass zumindest einer der beiden sich so sehr verbog, so sehr Dinge anfing zu machen, die nicht seiner

Persönlichkeit entsprachen, dass er spätestens dadurch wieder unglücklich werden würde. Es war die Quadratur des Kreises.

Wir beide verstanden es in den Sekunden, in denen der jeweils andere gesprochen hatte, doch sagen konnten wir nichts. Mir krochen zwei kleine Tränen die Wangen herunter, so langsam als gölte die Schwerkraft für sie nicht. Als Ludwig sah, dass ich weinte, stand er von seinem Stuhl auf, setzte sich neben mich auf die Bank und hielt mich fest. Ich hatte eine der ausliegenden Fleece-Decken um mich geschlungen, ich zog sie noch enger und legte meinen Kopf auf seiner Schulter ab.

Es gab diese Männer, bei denen man auf rationaler Ebene wusste, bei denen man sich zu 100 Prozent sicher war, dass sie einen liebten. Man wusste es einfach. Sie sagten es einem, man hätte darauf geschworen. Aber man fühlte es nicht, sie taten sich schwer damit, es einem zu zeigen. Man wusste es nicht auf emotionaler Ebene. Ludwig war einer von ihnen.

Ich hatte die Erfahrung erwachsener Trennungen selten gemacht, auch ich hatte mich schon mal auf eine Weise getrennt, auf die ich später nicht stolz gewesen war. Ich hoffte, dieses Mal würde es anders.

Vor Kurzem hatte ich von einer österreichischen Psychiaterin gelesen, Adelheid Kastner[3], die beschrieb, warum Trennungen eine Art Tatort, ein Platz mehr oder weniger beabsichtigter tiefer Verletzung eines Menschen an einem anderen waren. Eigentlich sollte man versuchen, so viele Trennungen wie möglich zu vermeiden. Hier wurden Menschen in Verzweiflung gestürzt, in Verbitterung getrieben und in ihrer Selbstdefinition erschüttert. Zu sagen, ich hätte mich selbst noch nicht an der Kombination dieser drei Punkte gesehen, wäre gelogen gewesen.

Es war Freitagabend geworden und obwohl ich wusste, dass er bei Freunden war, rief ich ihn an. Ich entschuldigte mich für die Störung, aber es war mir wichtig, dass wir jetzt redeten. Jeder weitere Tag fühlte sich falsch an, das jedoch sagte ich ihm nicht. Ich fuhr fort, dass ich ihm etwas sagen musste, ich konnte ihn nicken hören. Es war so weit. Es gab keine Lösung und es ging auch nicht weiter, wir waren am äußeren Ende der Spirale aus Gesprächen, Ideen und Kompromissen angekommen. Es war nicht befriedigend dort.

Ich sagte, dass ich normalerweise nicht am Telefon Schluss machte, aber dass ich im Moment nicht die Kraft hatte, es persönlich zu tun. Ich könne so nicht mehr weiter machen und es komme für uns beide ja nicht überraschend. Es war still in der Leitung. Er antwortete kontrolliert und ruhig, er würde meine Entscheidung respektieren und versuche nicht, etwas daran zu ändern.

Ich konnte fühlen, was er dachte, aber nicht aussprach. Dass er hart und mit all seinem Herz dafür gekämpft hatte, unsere Beziehung retten und mich, die er ehrlich liebte, halten zu können. Aber ab einem gewissen Punkt war ihm klar geworden, dass er um sich selbst willen, um sein Seelenheil zu schützen, seine Niederlage eingestehen und akzeptieren musste, dass sein Einsatz, für den er sich verletzen ließ, vergebens war.

Wir besprachen zwei, vielleicht drei Minuten die Logistik unseres Auseinandergehens, wer wem was zurückschickte, so viel hatten wir in der Wohnung des andern nicht gelassen.

Wir waren gemeinsam in dieser Situation, von der ich vorher befürchtet hatte, sie würde wesentlich schlimmer für uns beide werden. Am Ende machte ich etwas Egoistisches, von dem ich wusste, dass es mir helfen würde. Ich fragte ihn, ob er klarkomme, ob er zusammenbrechen würde.

»Naja. Wir haben es ja kommen sehen. Mach Dir keinen Kopf, ich bin okay.« Ich atmete nicht hörbar auf. Es würde mir weniger schlecht gehen, ich würde mich weniger schuldig fühlen, wenn ich wusste, dass er nicht litt. Oder zumindest nicht in verzweifeltem Maße. Mit dieser Aussage fühlte es sich nicht ganz so beschissen an.

Ludwig legte schließlich auf, nicht ohne vorher leise zu sagen »Du bist eine tolle Frau«.

Das erste Mal seit Monaten musste ich wirklich weinen.

Das Gegenteil davon, glücklich zu sein war nicht – wie viele Menschen dachten – traurig zu sein. Es war: unzufrieden zu sein. Und das war ein himmelweiter Unterschied.

PETER PAN

Juni 2017

Meine Knie fühlten sich an, als gäben sie in der nächsten Sekunde unter mir nach. Mein Puls raste, ich konnte mein eigenes Herz schlagen hören, meine Finger waren kalt und feucht. Ich machte mich offensichtlich entweder gerade zum Idioten oder ich machte die Sorte zwischenmenschlich mutige Dinge, die heute nur noch wenige machten.

«Also... ähm. Ich mache so was eigentlich nie, aber... kann ich vielleicht Deine Nummer haben?«. Ich stand mit 3 Männern in einem kleinen Ladenraum, starrte einen von ihnen an und wusste nicht, wohin mit meinen Händen.

»Meine? Du meinst seine, oder? Er hat Dich doch gerade angesprochen!« Er schaute mich verwirrt an und deutete auf seinen Freund neben sich.

»Nein. nein, ich meine schon Dich.« Er kramte in seiner Tasche, ich war mir unsicher, ob er überhaupt verstand, was ich gefragt hatte, denn wieso sollte in seiner Hosentasche die Antwort darauf sein.

»Hier bitte. Ich habe den schon mal vorbereitet.« Seine Finger zitterten, was er später bestreiten würde, als er mir einen kleinen, zweimal gefalteten Zettel hinhielt. Ich streckte meine Hand aus, auch meine Finger zitterten. Wir berührten uns kurz, vielleicht streifte ich auch nur das Papier und gar nicht seine Haut. Ich faltete den Zettel auseinander, darauf sein Name, Nick, seine Handynummer und eine kleine gekritzelte Sonne.

»Danke. Okay. Dann schreibe ich Dir? Ich bin übrigens Milena.« Mein Gesicht musste mittlerweile himbeerfarben sein, vor Scham, mir war plötzlich unglaublich heiß.

Ich war hingerissen von ihm und seinem offenen und schelmischen Gesicht. Ich war beeindruckt von mir selbst und meinem Mut, ihm aus der U-Bahn hinterherzulaufen, die Straßen nach ihm abzusuchen und nun überlegte ich krampfhaft, wie ich mich aus dieser Situation möglichst elegant, irgendwie selbstbewusst, zurückziehen würde können.

»Okay, Milena. Ich würde mich freuen.« Ich mich auch, aber das sagte ich natürlich nicht.

»Gut. Dann einen schönen Abend Euch!« Ich drehte mich um. Jetzt nicht hinfallen, nicht gegen die Tür laufen, nicht zurückschauen, nichts Peinliches mehr machen. Genug Peinliches für ein Leben.

Ich trat hinaus in die immer noch warme Abendluft. Ich atmete tief ein, streckte die Schultern und mein Kreuz durch. Langsam entspannte ich mich und ging die Straße entlang nach Hause.

»Ich kann mit Sicherheit noch ganz gerade laufen. Ich zeig's Dir!«

Es war ein warmer Juniabend, zu unserem ersten Date hatten wir uns an der Isar getroffen. Ich hatte mich auf nüchternen Magen an der Hälfte einer Flasche Weißwein gütlich getan, entsprechend mein Selbstvertrauen. Ich kniff die Augen zusammen und fixierte die weiße Linie, die auf der Wittelsbacherbrücke den Fußgänger- vom Fahrradweg trennte. Nick stand einige Schritte vor mir, mit dem Rücken zu unser beider Gehrichtung, bereit mein Balancieren zu beurteilen. Ich fühlte, wie er innerlich grinste, aber man merkte ihm nichts an.

»Joar... das kann man noch als gerade durchgehen lassen. Du bist also nicht betrunken, herzlichen Glückwunsch. Aber es gibt eigentlich noch einen anderen Test.« Weil ich meinte zu wissen, was jetzt kommen sollte, vor allem aber, weil ich ihm ins Wort fallen wollte, unterbrach ich ihn. Ich blieb abrupt stehen, schloss die Augen, stellte mich auf ein Bein und führte den Zeigefinger zur Nase. Ich traf meine Wange und ich wusste, dass er mich beobachtete. Ich wusste nicht, über was wir die letzten drei Stunden geredet hatten, aber ich fühlte mich wohl. Ich wartete darauf, dass er etwas sagte, irgendwas.

»Das musst Du noch mal machen, das kannst Du besser!« Ich wiederholte das Prozedere, sicherer.

»Noch mal, mach' das noch mal. Du musst Dich jetzt mal konzentrieren, Milena! Mach' die Augen zu!« Ich schloss die Augen erneut, bewegte meinen Finger zur Nase. Ich fragte mich, wie oft ich das noch machen sollte und ob er nicht begriff, dass das eine fast unübertreffbare Gelegenheit wäre, mich zu küssen. Ich ließ meinen Finger sinken und die Augen geschlossen. Ich wartete ab. Der Gedanke, wie seltsam es aussehen musste, mit geschlossenen Augen mitten auf einer Brücke zu stehen, fand in mir nicht statt. Ich wartete einfach, worauf auch immer.

Sein Atem streifte meine Wange und seine Lippen die meinen. Mein Herz wurde warm und weit, meine Muskeln entspannten sich, in meinem Kopf war Watte und das war ein schönes Gefühl.

Es war Sonntagabend, irgendwann im Juli. Ich saß im Schneidersitz auf Nicks Sofa, er links neben mir. Der Fernseher lief, die 5. Staffel von »House of Cards«. Mein linker Arm um seinen Nacken, meine Hand ruhte auf seiner Schulter. Er lehnte sich an mich, sein Arm lag auf meinem Knie. Vor uns stand eine Schale mit geschnittenem Pfirsich. Plattpfirsiche. Sie waren so fast unnatürlich süß. Hin und wieder stocherte er mit der Gabel in der Schale herum und spießte mit dem äußeren Zinken der Gabel ein passendes Stück auf. Sein Blick verließ nicht den Bildschirm, seine Stirn war gerunzelt, er schaute konzentriert. Ich beobachtete ihn, ohne dass er es merkte. Ich beobachtete ihn gerne – vor allem, wenn er es nicht merkte.

In diesen Momenten konnte ich meinen Gedanken folgen, von mir selbst unbeurteilt wahrnehmen, mit welchen Gefühlen ich ihn verband. Hin und wieder küsste ich ihn auf die Schläfe, er rutschte dann fast unmerklich an mich heran, zumindest kam es mir so vor. In diesen Momenten trat ich manchmal aus der Situation heraus und betrachtete uns beide so gut es mir von außen möglich war. Ich versuchte, gütig zu sein. Ein Teil meines betrachtenden Ichs war gerührt von der alltäglichen Vertrautheit der Situation in Anbetracht der Zeit, die wir beide von der Existenz des anderen wussten. Der drei oder vier Wochen, in denen wir regelmäßig alle möglichen Aktivitäten, Gespräche und Gedanken teilten, anhand derer man zu verstehen beginnt, wie tief es unter der Oberfläche von jemandem runtergeht, was sich dort abspielte, ob jemand eher ein See war, oder ein Meer, oder ob bis in die Tiefe alles gefroren ist. In ihm war es kalt. Gefühle sprachen wir nicht aus.

Und da war der andere Teil meines beobachtenden Ichs, der uns beide fragen würde, was wir füreinander waren, was wir uns vorstellen konnten zu werden. Dieser Teil war skeptisch, er konnte förmlich wittern, wie eine Asymmetrie am Entstehen war, mit welch unterschiedlicher Geschwindigkeit wir beide uns in unterschiedliche Richtungen entwickelten.

Ich, die auf dem Sofa saß, wollte davon nichts wissen. Ich wollte weder die Situation noch das Sorglose an unserem Zusammensein noch die Waagschale, in die Emotionen und Hoffnungen geworfen werden können, überfrachten. Ich mochte das unbeschwerte Jetzt gerne ein bisschen festhalten. Ich wollte, dass es noch ein bisschen so bliebe, wie es genau in diesem Moment war. Ich wollte den Gedanken verdrängen, dass es vielleicht nicht funktionieren würde. Ein hässlicher, missgünstiger Gedanke tief in mir, gewachsen aus all den Malen zuvor, bei denen es nicht funktioniert hatte. Ich wollte auch die Vorstellung nicht zulassen, es könne wieder richtig wehtun, die Angst davor, mein Herz brechen zu spüren, vor existentieller Ablehnung, die unsere Gesellschaft mit dem banalen Terminus des Liebeskummers abtat. Ich schob den Gedanken beiseite. Für den Moment konnten wir alles sein. Solange wir nicht darüber redeten, konnten wir alles sein.

Als er das erste Mal das Licht anknipste, verstand ich nicht. Es war irgendwas zwischen 2 und 4 Uhr nachts, wir hatten lange an diesem Abend geredet und schließlich, zum ersten Mal, miteinander geschlafen.

»Suchst Du etwas?« Er knetete die Finger, man merkte, dass ihm unangenehm war, was er als Nächstes aussprechen würde.

»Nein... also nein. Es ist nur, also ich muss morgen früh raus und Du hast ja nichts hier. Ich glaube, es wäre besser, wenn Du nach Hause gehst. Es ist ja nicht so weit.« Ich saß auf der Bettkante und spürte, dass er es ernst meinte, dass er nicht mit sich verhandeln lassen würde. Dass er mich nach dem Sex rausschmiss, mitten in der Nacht, dass ihm offenbar egal sein musste, dass ich als Frau allein durch dunkle Straßen laufen würde. Ich spürte ein merkwürdiges Gefühl in mir aufsteigen. Irgendwo zwischen Zwerchfell und Speiseröhre sammelten sich Wut und Traurigkeit, Enttäuschung und Unverständnis, eine Art emotionales Sodbrennen. Ich sagte nichts. Ich zog mich an, er brachte mich zur Tür, ich ging. So behandelte man Prostituierte, dachte ich, die wurden allerdings bezahlt.

Wieder und wieder schickte er mich nachts nach Hause, ich gewöhnte mich so sehr an die Demütigung, dass es mir schon nichts mehr ausmachte. Mein bester Freund war schockiert, fragte mich, warum ich das mit mir machen ließe. Ich hatte keine Antwort. Ich verteidigte Nick, er könne nicht so gut Nähe zulassen, er musste fit für seinen Job sein, ich schlief eh viel lieber zuhause. Irgendwann begann ich mir selbst zu glauben. Irgendwann fragte ich nicht mehr nach, sondern zog mich immer direkt an und verließ die Wohnung, irgendwann brachte er mich nicht mal mehr zur Tür. Sonst änderte sich zwischen uns nichts, glaubten wir beide naiv. Die Tatsache, dass wir miteinander, aber nicht im selben Bett schliefen, sei irrelevant. Irgendwann glaubten wir beide daran, er aus Ignoranz, ich aus trotziger Resignation.

Er wusste, was ich fühlte und es war mehr als ich sollte. So schön jeder Moment war, den ich mit ihm verbrachte, den ich an ihn denken musste, den ich ihn neben mir spürte, ihn küsste oder er mit mir sprach. Jeder Moment war bittersüß. Ich hatte mich in ihn verliebt, es ihm auch gesagt – geantwortet hatte er so gut wie nichts und das machte mir nichts aus. Er brauchte eben Zeit. Und das respektierte ich. Redete ich mir ein. Ziemlich erfolgreich sogar.

Ich dachte an die Anfänge zurück. Es war keine Verliebtheit, geschweige denn Liebe auf den ersten Blick. Gewiss nicht. Aber seit dem ersten Moment, in dem ich ihn gesehen hatte, kribbelte etwas in mir, wenn es um ihn ging. Anfangs waren es meine buttrigen Knie, dann war es mein schneller klopfendes Herz, schließlich meine Gedanken und Hoffnungen, die sich völlig unkontrolliert alles vorstellen wollten und völlig unbremsbar in Richtungen rannten, in denen sie nichts verloren hatten.

Wenn er mich berührte, spürte ich nichts und alles. Ich spürte meine kleinen Armhärchen sich aufrichten, fühlte meinen Unterleib sich wohlig verkrampfen, merkte meinen Kopf, in dem nichts außer Watte war. Er schaffte das immer wieder. Er machte das nicht absichtlich, natürlich, denn er wusste nicht um seine Wirkung. Es nutzte sich mit der Zeit nicht ab.

»Super« hätte man meinen können. Uneingeschränkt super. Aber es war eben nicht super. Es wollte unbeschwerte Verliebtheit sein, aber es war naives Hoffen. Es war ein flaues Gefühl und es war, ich hätte sonst lügen müssen, auch Angst. Nicht mehr Angst vor der Leere, vor der man stand, wenn man sich von jemandem getrennt hatte. Oder vor der Mühe, die einem das Leben dann abforderte, jeden Tag aufzustehen und so zu tun, als wolle man sich nicht den Schmerz aus dem Leib kotzen. Ich hatte keine Angst mehr davor, weil ich wusste, dass es sowieso kam, ich hatte nur noch Angst, mich selbst zu enttäuschen. Angst vor dem »war doch klar«, vor dem »hättest Du besser wissen müssen«. Vor dem »ich habe lange in mich hineingehört, aber es reicht einfach nicht«. Ich hatte Angst vor einer weiteren Desillusionierung und vor der zunehmenden Überzeugung, alle Männer seien bindungsphobisch und passten nicht zu mir.

Ich verdrängte den Gedanken. Das flaue Gefühl konnte ich zunehmend schwerer verdrängen, vor allem nicht, wenn ich bei ihm war. Ich erlebte, wie schön es sein konnte, wie sehr ich ihn mochte. Ich erlebte, was ich nicht bekam, wenn ich ihn nicht bekam. Manchmal, wenn er sich nicht meldete, verachtete ich ihn.

Konflikte, das lernte ich gerade, entstanden zwischen Menschen unter Anderem, wenn sie unterschiedliche Dinge begehrten. Oder wenn sie glaubten, dass die Dinge, die andere begehrten so furchtbar unvereinbar mit ihren eigenen

Wünschen wären. Wo lag die Grenze zwischen Verbindlichkeit und Einengung? Wie viele Kompromisse musste man eingehen und wie viele fühlten sich davon noch als solche an, wenn man es für den richtigen Menschen tat? Gab es einen Raum, in dem man mit einem anderen Menschen zusammen war und dennoch keine Kompromisse eingehen musste? Ich hatte keine Antwort darauf, ob in Bezug auf Kinder »schon bald mal« noch eine Teilmenge von »in den nächsten 5 Jahren definitiv nicht« war.

Aber die Probleme fingen doch da an: Wenn ein Mensch mit einem anderen zusammen sein wollte, also so richtig mit beieinander übernachten, über Gefühle sprechen und eine Zukunft planen, aber der andere nicht. Also noch nicht oder nicht richtig oder nur in Teilen. Aber vielleicht, das wusste der andere Mensch noch nicht genau, vielleicht auch nie, nie richtig. Probleme fingen da an, wo der eine Mensch Gefühle für den anderen hatte, aber der andere noch nicht so viele oder nicht die gleichen oder gar keine oder keine mehr. Wenn er auch nicht absehen und nicht versprechen konnte, ob die jemals kommen oder wiederkommen oder sich verändern würden. Die Probleme gingen dort nur weiter, wo der eine Mensch in den nächsten Jahren definitiv keine Kinder wollte oder vielleicht nie welche wollen könnte, aber der andere schon. Und selbst diese Probleme waren Randerscheinungen, vernachlässigbar, nicht der Rede wert, wenn der eine Mensch den anderen liebte, aber diese Liebe im anderen kein Echo fand.

Ganz am Anfang, dachte ich rückblickend, hätte er mich warnen sollen. »Verliebe Dich nicht in mich« hätte er sagen sollen. Aber wer sagt so was schon? Keiner. Und er schon dreimal nicht. Er war selbstbewusst, aber nicht eingebildet. Er war klug, aber woher hätte er diese Entwicklung ahnen sollen?

Er war bis zu einem gewissen Grad emphatisch, aber weniger emotional. Er verliebte sich langsam, wenn überhaupt. Er war egoistisch und rücksichtslos. Er trug sein Herz nicht auf der Zunge – im Gegensatz zu mir.

Manchmal beobachtete ich ihn aus der Ferne. Wenn er ein paar Meter entfernt stand und telefonierte, weil er nicht wollte, dass ich hörte, mit wem. Wenn er auf der anderen Straßenseite aus seiner Haustür kam und mich noch nicht entdeckt hatte. Ich sah diesen Mann, der witzig war und klug, der mich nicht liebte und mein Herz schlug schneller. Ich wollte es verlangsamen, betäuben, ermahnen, langsamer zu schlagen. Ich wollte zu ihm gehen und ihn festhalten. Doch ich machte nichts davon. Was sollte es ändern?

Bis zum Ende des Jahres hatte ich ihm geben wollen. Ende September war ich ein Wrack. Ich sah in etwa so aus wie ich mich fühlte, erschöpft, mitgenommen, enttäuscht. Ich war blass und hatte dunkelblaue Schatten unter den Augen, abgenommen hatte ich nicht. Die anfänglich pure Begeisterung für ihn als Mensch und für seine Art mit mir umzugehen, hatte sich im Lauf der Zeit einen Antagonisten zugelegt: ein nagendes, unbefriedigendes Gefühl aus Angst, ihn zu verlieren, aus Eifersucht auf die 6 ½ Tage in der Woche, an denen er mich nicht sehen wollte, aus grundlagenlosem Hoffen, er möge sich für mich entscheiden und aus Wut über seine fehlende Sehnsucht, sich bei mir zu melden. Wie die Wochen vergingen kippte das Verhältnis meiner positiven und negativen Emotionen in eine Schieflage, mit der es mir immer öfter nur noch schlecht ging, als dass es mich glücklich gemacht hätte. Ende September hatte ich für das Gefühl, das ich mit seinem Namen verband, nur noch Tränen übrig. Ich rettete mich herüber bis zum Tag der Deutschen Einheit und redete meinem Herz und meiner Würde gut zu, dass wir jetzt zu dritt die Reißleine zögen. Die beiden schauten mich ungläubig an, hatte ich doch in den letzten Monaten entgegen aller Selbstfürsorge so viel von ihnen genommen.

So war es also der 3. Oktober und jeder, zumindest in Deutschland, wusste, dass dieser Tag die Vereinigung zweier Teile zelebrierte. Ironischerweise hatte ich mich entschieden, gerade an diesem Tag eine Mauer zwischen uns beiden, zwischen mir und Nick, zu ziehen, unsere beiden Leben und uns beide voneinander zu trennen. Glücklicherweise klebten unsere Leben nur ein bisschen aneinander und nicht ineinander. Die Wundfläche wäre nicht unwesentlich größer und blutiger und das Auseinanderreißen viel schmerzhafter gewesen.

Ich stand also zum unendlichsten Mal vor seiner Tür und meine Augen huschten über die vielen Klingelschilder. Ich konnte mir einfach nicht merken, wo seines war, vielleicht wollte ich es auch nicht. Unter seinem Namen stand nämlich immer noch ihrer. Der Name der Frau, die vor mir so lange in seinem Leben gewesen war und auf die ich, ohne sie zu kennen, unfassbar wütend war. Wütend, weil ich aus eigener Erfahrung wusste, wie sehr alles auseinanderfiel, wenn jemand den gemeinsamen Lebensplan ohne Vorankündigung und ohne Diskussion vom Tisch fegte. Wütend, weil ich glaubte, dass er mich wegen dieser Frau nicht an sich heranließ. Wütend, weil ich dieser Frau nie das Wasser reichen würde. Deswegen.

Und selbst wenn er protestierte, wenn er beteuerte, wie sehr er sich selbst wieder zusammengesetzt hatte, dass es an dieser Frau nicht liege, ich würde nur stumm nicken. Deep inside we're all shattered.

Ich drückte fest auf den Klingelknopf und wartete. Oh Gott, wie oft hatte ich das gemacht. Wie oft war ich ganz still gewesen, um den leisen Türsummer nicht zu überhören. Wie oft hatte ich tief Luft geholt, bevor ich die Türe aufschob. Wie oft war ich mit Vorfreude in allen Nervenenden die Stufen hochgesprungen. Wie oft hatte er da in der Tür gestanden, an den Rahmen gelehnt, schief grinsend. An diesem Tag machte ich all das zum letzten Mal. Mit dem einzigen Unterschied, dass an diesem Tag nichts mehr pochte, nichts mehr sich freute, nichts mehr ihn erwartete, nichts mehr ihn brauchen wollte. Alles in mir war ertaubt, selbst mein Blick war stumm, nach unten gerichtet. Ich gestand mir nichts an Empfindungen zu, es hätte sonst in meinem persönlichen sofortigen 9/11 geendet – in dem alles in sich zusammenstürzte.

Ich wusste nicht, ob er meinen Blick deutete, vermutlich nicht. Sonst hätte er nicht in vorwurfsvollem Ton gesagt: »Hättest Du mal meine Nachricht gelesen und nicht geklingelt. Marie schläft«. Für den Bruchteil einer Sekunde durchzuckte mich der Gedanke, dass er nicht Hallo gesagt hatte und das Gefühl eines schlechten Gewissens, doch beides verflog zu schnell, als dass ich es wahrgenommen hätte. Ob seine Mitbewohnerin meinetwegen aufgewacht war, hätte mir egaler nicht sein können. Dass er mir nie wieder Hallo sagen würde und es gerade noch gar nicht wusste, zerriss mich dagegen.

Ich küsste ihn flüchtig, jedem anderen Menschen wäre spätestens hier klar geworden, dass etwas gewaltig nicht mehr stimmen konnte. Ich schlüpfte an ihm vorbei in den Wohnungsflur und streifte meine Leoparden Ankle Boots von den Füßen. »Zwischen mutig und nuttig ist ein schmaler Grat«, hatte er manchmal zu ihnen gesagt, daran erinnerte ich mich jetzt. Böse gemeint war das nie. Das liebte ich an ihm, seinen Humor.

Ohne mich umzudrehen oder auf ihn zu warten, ging ich auf Strümpfen den Flur entlang bis ins Wohnzimmer und ließ mich aufs Sofa fallen. Ich versuchte meine Worte zu sammeln, vorzubereiten, damit sie meinen Mund so verließen, wie ich es mir überlegt hatte. Nach einigen Sekunden stand er in der Tür, ich konnte ihn nicht ansehen. »Ich habe Tee gemacht, magst Du auch einen?« Ich hasste Tee, ich wollte auch keinen. Ich nickte. Ich würde ihn in den nächsten Minuten als Mensch und Partner ablehnen, also konnte ich wenigstens noch den beschissenen Tee von ihm annehmen. Und weil ich Angst hatte, vom Sofa zu rutschen und weil ich mich an ihm inklusive heute nie wieder würde festhalten können, nahm ich den Tee und hielt mich eben an dem fest. Er setzte sich neben mich.

»Ich kann das nicht mehr. Das. Uns. Ich kann das einfach nicht mehr und ich muss das beenden. Jetzt. Heute. Es tut einfach zu weh und ich will diesen Schmerz nicht mehr ertragen müssen.« Ich hatte mir vorher so viel überlegt an Reihenfolge, an Beispielen, warum ich mich so fühlte, was ich mir gewünscht hätte und stattdessen bekommen hatte, was mich verletzt hatte. Wie ich von optimistischer, sorgloser Verliebtheit in nur wenigen Monaten dazu gekommen war, bei seinem Namen die Tränen herunter schlucken zu müssen. Und jetzt war nichts von meiner sauberen Argumentation, vom Hinleiten zur Beendigung unserer Beziehung, die offiziell keine war, übriggeblieben. Ich hatte alle meine Worte in einem Atemzug gesprochen, weil ich wusste, dass mir die Stimme versagen würde. Meine Augen standen voll mit Tränen.

»Oh.« Ohne irgendetwas weiter zu sagen, schenkte er sich einen Becher Tee ein. Er blickte nach unten. Es musste etwas mit Ingwer und Zitrone sein, es schmeckte wässrig und heiß, im Grunde nach nichts, aber es tat gut. Ein bisschen wie wir beide waren, heiß und nichts, aber im jeweiligen Moment überraschend wohltuend. Der Unterschied war, dass Tee allgemein als gesund galt, was wir beide hatten hingegen machte mich krank.

Er sagte noch immer nichts, wahrscheinlich wusste er nicht was. Mein Gefühl sagte mir, dass ihm in diesem Moment zum ersten Mal wirklich klar wurde, wie sehr ich litt. Wie sehr ich die letzten Wochen, die letzten Monate gelitten hatte. Wie sehr ich darunter litt, dass ich ihn liebte und er mich nicht. Dass er sich nahm, was er wollte und mir verweigerte, was ich wollte. Dass er mich am ausgestreckten Arm emotional verhungern ließ. Er rieb sich verstohlen eine einzelne Träne aus dem Auge. Es berührte mich, zumindest kurz, denn tatsächlich war es die am meisten manifestierte Geste, die ich in 3 ½ Monaten erlebt hatte, die zeigte, dass ich ihm nicht vollständig egal war.

»Ich mag mein Leben so wie es ist.« sagte er plötzlich. Das war es also, das Ergebnis seiner minutenlangen Überlegung, was das Sinnvollste war, was man jetzt hätte sagen können. Es ging um ihn, um sein Leben, um seine Präferenz. Mir wurde plötzlich alles klar, mir wurde klar, warum das mit uns beiden nicht in einer Million, einer Milliarde Jahre würde funktionieren können. Ich antwortete:

»Weißt Du, genau das ist der Unterschied: ich hasse mein Leben so wie es gerade ist.«

Ich konnte nicht erkennen, ob ihn entsetzte, dass ich mein Leben hasste. Nie konnte ich erkennen, ob es ihm überhaupt um jemand anderen als sich selbst ging. Er sagte, dass er nicht wisse, wie es ihm gehen würde, wenn er mich ab jetzt nicht mehr sehen konnte.

Ich antwortete, dass ich hoffte, es ginge mir langfristig besser, wenn ich ihn ab jetzt nicht mehr sehen musste. Es war wie ein Ping-Pong Spiel, bei dem es nicht um ein Ergebnis, eine

Lösung oder Klärung ging. Es schlug immer nur einer auf und der andere drosch den Ball so zurück, dass das der Satz war.

»Hattest Du bei mir das Gefühl, dass ich der Richtige hätte sein können?« fragte er.

»Ich weiß es nicht. Es ist schwer, das Gefühl in sich zu nähren, jemand anderes, den man unfassbar toll findet, ist der Richtige, wenn der Dich permanent auf Armeslänge Abstand hält«, antwortete ich. Aber was ich meinte, war: So einfach ist das Leben nicht. Es gibt viele Richtige, mindestens aber für eine Person mehr als einen. Für mich war er einen von ihnen, für ihn war ich keine. Aber das sagte ich ihm nicht.

»Bereust Du die Zeit mit mir?« Er setzte weiter feine Schnitte. Was auch immer er aus meiner geschundenen, trauernden Seele herausschneiden wollte, er hatte es offensichtlich noch nicht gefunden. Suchte er nach einer Art Absolution?

»Nein. Das tue ich nicht. Ich habe Verliebtheit gefühlt und ich habe viel gelacht, ich habe viele der Momente genossen. Ich weiß, dass man für Liebe Risiken eingehen muss und dass man manchmal sehr verletzt wird. Aber müsste ich mich entscheiden, ob ich Dich noch mal in der U-Bahn anspreche mit dem Wissen, wie das Ganze heute endet, ich würde alles noch mal exakt genauso machen.« Das auszusprechen fühlte sich dumm an, zu ehrlich, aber es war wie ich darüber dachte. Ich bereue prinzipiell wenig und wir lernen immer nur aus dem Tun. Aus dem Nichtstun lernen wir nichts.

Ich schaute ihn an, ein fester Blick, den ich mir trotz Tränen zutraute. Mehr gab es dazu nicht zu sagen. Ich stellte langsam den Becher auf den Couchtisch, stützte mich mit den Händen auf den Oberschenkeln ab und stand auf. Ich ging den Flur entlang zu meinen Schuhen und der Wohnungstür, mir war egal, ob er mir folgte. Er tat es, verzweifelt überlegend, was er Versöhnliches, Umgängliches, die Situation weniger tragisch machendes sagen könnte. Ihm fiel nichts ein, er sah aus wie ein begossener Pudel.

Ich zog mir die Schuhe an, mit den Absätzen war ich fast so groß wie er. Zum letzten Mal blickte ich in sein Gesicht und sagte:

»Ich will nicht, dass Du mir schreibst. Ich werde mich nicht bei Dir melden, das kann ich Dir garantieren, aber ich will Dich nicht blockieren müssen. Ich will nicht, dass Du mir schreibst oder mich anrufst. Nicht, wenn Du mich vermisst, nicht wenn Dir der Sex fehlt, nicht wenn Du betrunken bist, nicht wenn Dir langweilig ist. Die einzige Situation, in der Du mir schreiben darfst, ist wenn sich etwas fundamental bei Dir ändert, wenn Du ehrlich mit mir zusammen sein willst, wenn Du wirklich Gefühle für mich hast. Dann kannst Du mir schreiben, sonst nicht.«

Er nickte.

Ich verließ die Wohnung und ohne mich umzudrehen, ging ich die Treppen hinab.

Unten trat ich hinaus in die kalte Herbstluft. Das Licht war seltsam, es war weder golden noch grau. Ich versuchte tief einzuatmen, mich aufzurichten und Meter um Meter geradeaus zu gehen. Ich schaffte es bis zur nächsten Kreuzung. Dort musste ich mich an einer Hauswand abstützen, bevor die Tränen mich überrollten, ich in Schluchzern zusammensackte und auf dem Boden kauerte. Ich schämte mich nicht, es fühlte sich nicht theatralisch an. Ich hatte jemandem, den ich liebte, gesagt, er solle sich zum Teufel scheren. Ich hatte mir selbst mein gebrochenes Herz herausgerissen, weil ich spürte, dass es immer kaputter, immer mutloser, immer abhängiger würde, wenn ich es ließ, wo es war. Ich war stolz auf mich und meine Konsequenz, auch wenn sich das wie das Schlimmste anfühlte, was ich mir hätte antun können. In immer wiederkehrenden Beschwörungen redete meine Vernunft auf mich ein, ich habe das Richtige getan.

Er hatte mich immer wieder weggeschickt, ich war immer wieder zurück zu ihm. Jetzt hatte ich entschieden zu gehen und nicht wieder zu kommen. Meine Entscheidung schmeckte widerlich, aber richtig.

»Leuchtende Tage. Nicht weinen, dass sie vorüber, sondern lächeln, dass sie gewesen.«

Konfuzius soll das angeblich gesagt haben oder irgendein armer Mensch, der seit Jahrhunderten oder Jahrtausenden tot war und dem man so ziemlich jedes Zitat in den Mund legte, das im Internet unter »inspirational quote« gefunden werden konnte. Das war der Preis, den man dafür zahlte, dass man irgendwann mal in irgendeinem Bereich genialer als alle anderen gewesen war: Man musste für jeden Kalenderspruch, der einer Leihautorität bedurfte, herhalten.

Ich war mir nicht sicher, ob wer auch immer diesen Satz ursprünglich ausgesprochen hatte, schon mal an einer Liebe zerbrochen war. Ich wollte nämlich weinen. Mein Herz wollte weinen. Es wollte, dass der Schmerz in seiner Rohheit gefühlt würde, es wollte meinen Körper in Mitleid erregenden Schluchzern durchschütteln.

Mir verlief der Eyeliner, Tränen hingen in großen Tropfen in meinen Wimpern und kullerten meine Wange herab. Sie fielen auf meinen grauen Kaschmir-Mantel und versickerten dort, nicht ohne einen kleinen, nassen, unförmigen Punkt zu zeichnen. Ich vergrub mein Gesicht in diesen Tagen in so mancher Schulter derer, die mir nahestanden und es war mir egal, wenn mein Rotz oder mein Mascara an ihrem Hals herablief, während ich in Stößen vor mich hin heulte.

»Nicht weinen. Er ist es nicht wert. Es kommt ein anderer. Sei stark, hör' auf zu weinen!«

»Ich will aber weinen, weil... es mir danach besser geht. Und er ist es wohl wert, weil..., weil er es eben wert ist. Und ich weiß selbst, dass ein anderer kommt, aber eigentlich... will ich keinen anderen!« Meine Wangen waren ganz rot, ich nuschelte vor mich hin und zog geräuschvoll die Nase hoch – man verstand gar nichts. Atmen, weinen und reden war schwer.

Wenn ich nicht darüber nachdachte oder mich in das, was die Situation so machte wie sie war, hinein fühlte, konnte ich gut so tun als sei nichts – oder zumindest nichts weniger unangenehm als die letzten Monate. Wenn ich die Gedanken und Gefühle aber dahin und zu ihm und dazu, dass ich ihn ab jetzt selbstgewählt nicht mehr sah, wandern ließ, stieg der Wasserstand in meinen Augen unaufhaltsam an, ich begann zu zittern und der ganze Mist ging von vorne los. Ziemlich schnell verschwamm meine Sicht, so als sei der Scheibenwischer eines Autos bei Starkregen ausgefallen und ich musste unterbrechen was ich gerade machte. Meine Nasenflügel bebten, während ich vergeblich versuchte, mich zusammenzureißen und den Kloß und das Herzweh und die Erinnerung an ihn und mich mit ihm einfach herunterzuschlucken.

Schon wieder nicht. Schon wieder hatte es nicht geklappt und schon wieder musste ich mich fragen, woher ich mit beeindruckender Treffsicherheit diejenigen herausfilterte, die nicht die richtigen waren oder unter denen nicht »der eine Richtige« für mich war. Meine Liste an Jungs, Typen, Kerlen und ein paar wenigen Männern, die ich vor über 10 Jahren hatte angefangen zu schreiben, las sich wie der seit jeher gänzlich scheiternde Versuch, den Deckel zum Topf zu finden – der sich bisher immer als nicht passend oder noch nicht mal als Deckel herausstellte.

Ungebremst waren mein Mut und meine Hoffnung, selbst in den Momenten, in denen ich mein Herz brechen oder zumindest knacksen spürte und mir die Luft aus den Lungen gequetscht wurde. In denen meine Pläne, die ich mich mit dem ein oder anderen getraut hatte zu machen dahinsegelten. Sie landeten dann geräuschlos auf einer dreckigen Pfütze und soffen dort ab oder lösten sich in triefende, unlesbare Klumpen auf. Das Ganze wurde dann meist von irgendeiner Stimme in meinem Unterbewusstsein gehässig kommentiert. Es wollte nicht funktionieren. Nicht so.

Auch jetzt wieder. Ich sah mich selbst ein bisschen wie ein mutiges oder dummes Kind, das immer wieder seine Hand auf die Herdplatte legte, in der Hoffnung, sie möge nicht heiß sein oder bei angenehm warm aufhören und sich nicht weiter erhitzen oder dass dem Kind selbst nach all den Brandblasen eine derartige Hornhaut wachse, dass der Grad der Verbrennung bei jedem Mal verschwindender relevant wurde. Ich wollte nicht lernen, aus augenscheinlichen »Fehlern« nicht die Erkenntnis ableiten, ich hätte etwas falsch gemacht. Ich wollte wie eine Wahnsinnige weiter das gleiche machen, mutig lieben, zu meinen Gefühlen stehen, und dennoch auf einen anderen Ausgang hoffen. Eines Tages, so war ich mir sicher, würde ich mit dieser meiner Haltung, mit meinem großen, naiven Wollen, mit meinem unvernünftigen Herzen vielleicht gewinnen – nicht gegen einen anderen, aber mit diesem anderen ein gemeinsames Leben und eine Liebe, die ich so sehr zurückbekam, wie ich sie gab.

Doch all das half mir im Moment nicht weiter. Ich stieß zufällig auf den Text »Du kannst feige sein oder Du kannst lieben«[4], dort wurden viele der Fragen gestellt, auf die auch ich eine Antwort suchte. Zum Beispiel, warum jeder sich gerade nicht festlegen konnte oder wollte oder einfach gerade schon zu beschäftigt mit seinem eigenen Leben war. Warum viele in einer Beziehung eher eine Verpflichtung als eine Bereicherung sahen. Wann man im Leben endlich mal Zeit mit sich selbst verbringen sollte und musste und wo man den haarfeinen Übergang dazu verpasst hatte, dass man sich mit sich selbst allein eigentlich mittlerweile am wohlsten fühlte. Und ja, warum alle immer und immer wieder nur wegliefen. Der Artikel endete mit einem Zitat von Hans Kruppa, in dem viel Wahres steckt:

>>Die Menschen reden immer von ihrer Freiheit
und meinen dabei nur ihre Angst vor einer Liebe,
die größer werden könnte als ihr eigener Egoismus.<<

Zu sagen, es ginge mir besser, wäre der Euphemismus davon gewesen, dass ich in eine Phase hinüberglitt, in der ich nur noch jeden zweiten Tag heulte. Aber die Welt drehte sich weiter und – auch wenn man es manchmal weder glauben konnte noch wollte – das Leben ging weiter.

Ich versuchte viel spazieren zu gehen. Mit den Füßen durch rot-orangefarbene Blätterberge und wie poliert glänzende Kastanien auf dem Weg an die Isar. Dort sah ich viele Menschen, alle geeint im Wunsch, die letzten verschwenderischen Sonnenstrahlen des Jahres mitzunehmen. Ich beobachtete sie, wie sie mit ihren Hunden spazieren gingen, mit ihren Partnern im Gras auf einer Decke lagen, den eigenen Kopf auf der Brust des anderen. Wie sie mit ihren Kindern vorne am Wasser standen und zusammen kleine Steine oder Äste ins Wasser warfen. Wie sie an mir vorbei joggten, federnder Schritte und geröteter Wangen.

Ich versuchte viel mit meinen Freundinnen zu telefonieren, gerade die, die ich länger nicht gesprochen hatte, die mir aber allesamt so nahestanden, um mich in meiner jetzigen Lebenssituation zu beraten oder wenigstens zu begleiten. Diese Gespräche halfen mir, mich daran zu erinnern, dass es auch im Leben anderer Baustellen gab, dass auch andere nicht immer zufrieden waren mit der Ausrichtung, die ihr Leben hatte - vor allem erinnerten sie mich daran, dass ich schon jetzt bedingungslos geliebt wurde. Ich begriff wie wichtig war, was ich vorher für selbstverständlich genommen hatte, gerade jetzt, wo ich mich selbst nicht gut ausstehen konnte und wo mir klar geworden war, dass es Menschen gab, deren bedingungslose Liebe man nie bekommen würde – nicht mal, wenn man sich auf den Kopf stellte.

Ganz wie zu erwarten, war ich nach einigen Wochen an dem Punkt, an dem ich meinem Drang, ihm zu schreiben widerstehen musste, an dem ich einen Kloß im Hals spürte, wenn ich an Ecken vorbeikam, an denen wir gemeinsam gewesen waren. Es waren viele in München.

Ich balancierte auf diesem hauchdünnen Grat zwischen meiner idiotischen Sehnsucht, er möge mich anrufen und mir sagen, er wolle mich zurück und liebe mich und meinem diametral entgegen gesetzten, wahrscheinlich selbstfürsorglicheren, Wunsch, einfach nur in Ruhe gelassen zu werden.

Gefühle hörten nicht einfach von heute auf morgen auf. So wie sie entstanden, mussten sie sich auch wieder auflösen, alles rückwärts quasi, nur in schmerzhaft.

Immer wieder durchlebte ich Momente der letzten Monate, in denen ich rückblickend schlauer hätte sein müssen. Einmal hatte Nick gesagt, nachdem er mir fast eine Woche nicht geschrieben oder geantwortet hatte:

»Ich hatte einfach nicht das Bedürfnis, mich bei Dir zu melden.« Schon bei diesen Worten hätte ich eigentlich begreifen müssen, was hier passierte. Ich hätte mich selbst verstehen lassen sollen, dass meine Hoffnung auf Verbindlichkeit nicht Realität werden würden werde. Egal wie lange ich gewartet, egal wie sehr ich mich den doch vorhandenen Deltas zwischen seinem und meinem Leben angenähert hätte – eine gemeinsames hätte es nie gegeben.

Denn: es gab kein Wir. Das »Wir« war eine täuschend lebendig aussehende Totgeburt, deren Existenz geendet hatte, lange bevor sie überhaupt begann. Und weil ich mich so sehr davor gefürchtet hatte, diese Realität rechtzeitig zu akzeptieren, den Schmerz in mir zu beweinen und ihn gehen zu lassen, klammerte ich mich wochenlang an diese Nichtbeziehung, die ich mir mit seltenem Händchenhalten und wenigstens einmal täglicher Kommunikation schönredete in etwas, was ja noch werden konnte.

Ein anderes Mal hatte er gesagt:

»Ich brauche eben Zeit, bei mir ging das nie so schnell, dass ich mich verliebe.«

»In ein paar Monaten sind wir zusammen und ich habe die gleichen Gefühle für Dich wie Du für mich«, hatte ich hören wollen.

Monate nachdem ich es beendet hatte, schaffte ich es endlich, ihm nicht zu glauben. Er hätte sich einfach nur nicht in mich verliebt. Diese Erkenntnis verletzte mich. Diese Erkenntnis fegte mein sorgsam errichtetes Kartenhaus um, riss die Karten vom Tisch, im freien Fall. Sie schlug eine Delle in mein Selbstbewusstsein als Frau, dass ich für einen bestimmten Mann nicht reichte. Es war okay, ich kriegte diese Delle auch wieder raus. Aber er. Ich wünschte ihm so sehr, dass auch er sich irgendwann mal von einer Sekunde auf die andere verlieben würde und keine Zeit brauchte oder von seinem Herz keine bekam, weil ihn ein Mensch so einnahm.

Dann würde er vielleicht nachvollziehen, wie es mir gegangen war mit ihm.

Er war nicht mehr da. Also schon noch, aber nicht mehr bei mir. Aber das war er eh nie gewesen, wenn ich ehrlich war. Ich war gegangen, gerade weil ich ihn so toll gefunden hatte. Eigentlich fand, denn die Gründe, warum man jemandes Art schätzte, lösten sich ja nicht in Luft auf. Es war absurd: Man konnte jemanden toll finden und dennoch war er unsagbar ungesund für einen. Ich war gegangen, weil es nach meinem ersten, alles Initiierenden, der letzte Akt der Selbst-bestimmtheit sein musste, den ich für mich beanspruchen wollte. Mit mir hatte es begonnen, mit mir ließ ich es enden.

Wenn ich darüber nachdachte, fühlte ich mich sehr stark darin, gegangen zu sein, sehr stark darin, mich nicht bei ihm zu melden, sehr stark darin, wie ich mit den Tränen, die immer noch manchmal kamen, umging, sehr stark darin zu wissen, dass mir jemand anderes das geben würde, was er nie hätte können.

Seine Nummer hatte ich noch immer nicht gelöscht. Gleichzeitig hätte ich mir eher einen Finger abgehackt, als ihn anzurufen. Dabei mochte ich ihn noch immer, den Mann in Chucks, Peter Pan. Manchmal hatten wir überlegt, welches Motiv sich jeder von uns tätowieren würde. Er hatte sich Peter Pan gewünscht, denn am liebsten hätte er nie erwachsen werden und keine Verantwortung übernehmen wollen. Ich hätte mir auf den Rippenbogen »This too shall pass« stechen lassen. Auch dies wird vorüber gehen. Diese beiden Motive sagten eigentlich alles.

Es war Ende Dezember. Vor knapp 3 Monaten hatte ich mich entschieden, dass es besser war zu gehen als zu bleiben. Dass ich nicht mehr länger warten konnte, ob oder wann er sich in mich verliebte. Dass ich lieber den schmerzhaften Schnitt jetzt nähme als das ungewisse Gefühl bis für immer.

Es war dunkel und kalt draußen geworden, ich hatte in der Zwischenzeit nichts Produktives oder Schönes oder Fürsorgliches zustande gebracht. Ich hatte Wein getrunken, viel Wein, ich hatte geheult und den Wein schließlich wieder ausgekotzt. Ich hatte mich in einer dunklen Phase meiner Vergangenheit wieder angemeldet, auf gleich mehreren Dating Apps. Ich hatte mich in die Arbeit gestürzt, ich hatte mein iPhone mit der Leiter ganz oben auf den Küchenschrank gelegt. Ich hatte Dinge, die ich Nick, immer noch diesem Nick, schreiben wollte statt in WhatsApp lieber in meine Notizen geschrieben, ich hatte wie eine Idiotin stundenlang auf sein Profilbild und auf das »Zuletzt online« gestarrt, ganz so als läge darin die Antwort auf irgendetwas. Ich hatte meinen besten Freund, Leon, angerufen und ihm 1:1 die Worte gesagt, die ich Nick hatte sagen wollen. Kurzum, ich hatte alles gemacht und machte immer noch alles, um mich abzulenken, ich stellte mich buchstäblich auf den Kopf, um bloß das einzige nicht zu machen, was ich auf gar keinen Fall machen dufte: ihm schreiben. Ihn anrufen. Zu ihm gehen. Auf meine Gefühle hören. Zu meinen Gefühlen stehen – weil das eben gar nichts brachte.

Das Blöde aber an dem Wein, den man ja eigentlich trank, damit er einem half und den ganzen Kummer vergessen ließe, war, dass er nach dem dritten Glas erbarmungslos an die Oberfläche zerrte, was ich doch so sorgfältig verbuddelt hatte. Dieser Verräter. Ich wurde also immer mal wieder nicht ganz nüchtern von meiner eigenen Erkenntnis überrumpelt, wie sehr ich ihn manchmal immer noch vermisste und wie sehr ich das Vermissen irgendwo in mich reinvergraben hatte. Ich hatte die nutzlose, nicht zielführende und selbstzerstörerische

Sehnsucht nach seinem spitzbübischen Lächeln, seinen gezogenen Ähms, seinen blonden, verstrubbelten Haaren, seinen warmen, langen Küssen, seinem Geruch und ja, auch dem wirklich guten Sex mit ihm irgendwo ganz tief in mir versteckt – so tief, dass sie nie rauskam, dass sie nie Tageslicht sah, dass keiner sie ahnte, dass ich sie oft selbst schon vergaß. Nur dieses Vergessen machte es mir möglich zu beteuern, ich sei sehr cool darüber hinweg. Etwas Anderes konnte mein Umfeld auch nicht mehr hören. Wenn ich zugegeben hätte, dass es immer noch weh tat, hätten meine Eltern und Leon mich nicht in den Arm genommen. Sie hätten die Augen verdreht und so etwas gesagt wie:

»Scheiße, Milena, ernsthaft?«

Bis zu den Momenten, in denen das Vermissen und die Sehnsucht mich einholten und mich unterdrückt schluchzen ließen, es klang ein bisschen wie ein verwundetes Tier. Jeder Knochen in meinem Leib schmerzte.

Und das Blöde an den Dating Apps, die man ja eigentlich nutzte, um andere – neue, vielversprechende und nicht bindungsphobische – Männer kennenzulernen und auch um sein zurückgewiesenes, zweifelndes Ego ein wenig aufzubauen, war, dass sie einen auf profanste Weise arrangiert mit Menschen für leider sehr oft nur sehr oberflächliche Gespräche zusammentreffen ließ und einen daran erinnerten, dass unser beider Zusammentreffen, meines und Nicks, für mich so gar nicht profan und arrangiert, sondern nur zufällig und schicksalshaft gewesen war.

Und das Blöde an den entstandenen Dates war schließlich, dass sie einem entgegen schrien, dass jeder von ihnen nicht Nick war.

Mein Herz war ein Masochist mit Elefantengedächtnis, es quälte sich gern selbst, und es war auf der Frequenz, auf der mein Hirn mit ihm sprach, taub. Die beiden lebten jetzt etwa 30 Jahre nebeneinander her und nie hörte der eine dem anderen zu oder machte gar, was der andere ihm sagte. Mein Hirn verzweifelte, denn es hatte längst verstanden, seit Monaten, um ehrlich zu sein, dass das Ganze nichts brachte, dass es besser so war, dass wir uns hier im Kreis drehten und sich nie etwas ändern würde, wenn wir so weiter machten. Mein Herz, währenddessen, blieb quengelig, stur und bockig.

Manchmal versuchte ich, mit meinem Herz zu reden, es direkt anzusprechen, mir sicher seiend, dass das den nächsten Schritt in den Wahnsinn bedeutete.

Liebes Herz. Du bist ein Muskel, der wichtigste, den wir haben. Aber eben auch nur ein Muskel. Du bestehst aus 4 Hohlräumen, zwei Vorhöfe und zwei Herzkammern, genannt Atrium und Ventrikel, verteilt auf zwei Hälften – das rechte Herz und das linke. Deine Aufgabe besteht darin, sauerstoffreiches Blut in unseren gesamten Körper und sauerstoffarmes Blut zurück zu Dir und in die Lungenstrombahn zu pumpen. Du bist wichtig, ohne Dich kann niemand leben. Aber das ist alles, was Du tun sollst. Was Du nicht tun sollst ist bei jedem Date mit einem Mann, der halbwegs vernünftig, klug, sympathisch, gutaussehend zu sein scheint, in der Ecke zu sitzen und zu schmollen.

Für aufgeregtes Herzklopfen und Funken überspringen bist Du viel zu beschäftigt, und zwar damit, motzig zu gucken und Deine Schnute und Deinen Blick sagen zu lassen:

»Aber er ist nicht Nick«. Danke, ich bin ja nicht dumm, das weiß ich selbst.

Eines Abends kam ich auf dem Rückweg von einem Date, nüchterner nicht sein könnend, an seinem Haus vorbei und es traf mich in voller Wucht, wozu es nach meiner erlernten Logik eigentlich mindestens 3 Flaschen Wein bedurft hätte.

Mir tat schlagartig alles weh, der Kloß im Hals war wieder da, das Bild mit ihm auf dem Sofa zu sitzen, alles. Es war abrupt wieder Sommer, Tränen stiegen mir in die Augen, mein kompletter Oberkörper wurde von feinen, ziependen Stichen durchzogen, ich versuchte weiterzugehen, aber ich konnte es nicht. Ich blieb stehen und starrte die dunklen Fenster seiner Wohnung an, dachte an ihn, daran, wo er jetzt sein mochte, ob er allein war. Ich ärgerte mich über mich selbst.

Ein anderes Mal kam ich abends an seiner Wohnung vorbei, in Begleitung meines Dates, das darauf bestanden hatte, mich nach Hause zu bringen. Ich empfand es weder als nette Geste noch als aufdringlich, es war mir einfach egal. Reflexhaft sah ich an Nicks Haus hoch und sah sein Wohnzimmer erleuchtet. Es war schrecklich. In mir stieg hoch, was ich kaum kannte: eine hässliche Wärme, die von der wohligen, schönen Erinnerung an uns beide zehrte und sich gleichzeitig an der Eifersucht erhitzte, er könne da gerade jetzt mit einer anderen sitzen, wo vor ein paar Monaten ich mit ihm gesessen, ihn geküsst, gehalten, ihn ins Bett gezogen hatte.

Der Typ neben mir hatte in diesem Moment keine Ahnung von meinen Gedanken, er sah mein versteinertes Gesicht im Dunkeln nicht. Er redete vor sich hin, ich hörte nicht zu.

Ich wusste, es war nicht fair gegenüber Dates, sich zu treffen, wenn man noch an jemand anderem hing. Es war mir egal, unfair zu sein.

Ich setzte einen Fuß vor den anderen, lebte einen Tag nach dem nächsten, erledigte meinen Job, lachte, manchmal war ich auch glücklich. Aber ich verstand es einfach nicht: wir sollten im Leben doch darauf vertrauen, dass unsere Gefühle uns in die richtige Richtung führen. Oder? Aber meine Gefühle hatten keine Richtung. Sie verliefen in keiner Linie, sie drehten sich auch nicht im Kreis. Wenn sie irgendeiner Form geähnelt hätten, so wären es zufällige, temporär irgendwo auftauchende Punkte gewesen. Ein bisschen wie Malen nach Zahlen - am Ende kam irgendwas raus, schön war es nicht.

Meine Gefühle führten mich gar nicht, sie verwirrten mich nur. Wahrscheinlich waren sie selbst viel zu verwirrt. Davon, dass meine Gefühle nicht wussten, ob ich in ihn verliebt gewesen war oder ihn geliebt hatte, ob ich ihn vermisste oder das Gefühl, das er mir gegeben hatte, ob ich nur einsam war, ob er mich vermisste, wann es aufhören würde zu sein, wie es war. Wann es aufhörte, wehzutun, wann ich nicht mehr nachts oder tagsüber oder irgendwann an ihn denken würde. Wann ich mich einfach umhauen lassen könnte von jemand Neuem. Und wann mein Herz über einen Mann mir gegenüber endlich nicht mehr sagen würde: er ist nicht Nick und das ist gut.

»Ich hätte Dir nicht schreiben sollen.«

Richtig. Er hätte mir nicht schreiben sollen. Und der eine Teil von mir hasste ihn dafür, dass er auch weiterhin, selbst, nachdem ich mich dem Ganzen entzogen hatte, nur nach seinen Impulsen, nach seiner Egozentrik, nach primär seinem Wohlbefinden handelte und es ihm offenbar scheißegal war, wie es einem anderen Menschen damit ging. Ich hatte ihn darum gebeten, mir nicht zu schreiben. Nicht, weil ich Angst gehabt hätte, weich zu werden, umzufallen, freitagnachts zu ihm und in sein Bett gelaufen zu kommen. So impulsiv ich in manchem sein mochte, hier wusste ich, wäre ich erstaunlich willensstark gewesen. Nein. Nur um mich selbst vor der Hoffnung zu bewahren, die eine Nachricht von ihm im ersten Moment bedeutet hätte. Hoffnung auf seine Meinungs-änderung, auf das Angenommen werden, auf Liebe, auf Zusammensein. Der Mensch wird vor allem von zwei Dingen angetrieben, von Angst und von Hoffnung. Aber was sollte ich mit Hoffnung, die Hand in Hand mit Enttäuschung und

Zurückweisung kam? Was sollte ich mit seiner Nachricht, in der nichts, von dem, was ich gehofft hatte, drinstand? Was tatsächlich drinstand, war seine Bitte um Freundschaft – das allerletzte, was ich ihm in meinem Leben gegeben hätte. Er wäre gerne mit mir befreundet, ich hielt das für unrealistisch und unlogisch. Wir beide waren nie Freunde gewesen, wieso sollten wir jetzt damit anfangen? Und noch dazu: Alles an mir und in mir wollte ihn sehen, ihn fest umarmen, ihn küssen. Seine Stimme wieder hören, die vier Monate später langsam in meiner Erinnerung verblasste. Alles in mir wollte alles, aber keine Freundschaft. Ich konnte nicht an zwei Orten gleichzeitig existieren, jetzt nicht und wahrscheinlich nie.

Der eine Teil also hasste ihn. Und der andere? Der liebte ihn immer noch. Denn ja, ich hatte ihn geliebt. Anders konnte ich mir diese Tragödie nicht mehr erklären.

Dieser Teil war also leider unendlich dankbar für seine Nachricht, der lechzte nach Aufmerksamkeit, nach Worten, die er überlegt, getippt, geschickt hatte, der war blind und taub und wollte nichts Rationales wissen. Mir fiel ein Gedicht von Rupi Kaur[5] ein:

> your name is
> the strongest
> positive and negative
> connotation in any language
> it either lights me up or
> leaves me aching for days

Denn ziemlich genau so fühlte ich mich. Ich dachte jeden Tag an ihn, ich vermisste ihn jeden Tag. Ich drehte mich jeden Tag auf der Rolltreppe um, wenn ich aus der U-Bahn gestiegen war und suchte die Menschenmenge hinter mir ab. Ich suchte nach seinem Gesicht, denn mein Herz war acht Monate, nachdem wir uns kennengelernt hatten, immer noch bei seinem. Eigentlich bräuchte ich es langsam wieder. Und für all diese Gefühle verachtete ich mich. Ich fühlte mich wie ein Versager, dessen einzige Kompetenz darin bestand, jeden Tag vor sich hin zu brabbeln, dass es irgendwann besser würde, dass ich wieder glücklich würde, dass er aus meinen Gedanken und Gefühlen verschwinden würde.

Ich wusste, dass es stimmte. Das war eine der Sachen, die ich gelernt hatte vom Leben, obwohl ich noch so jung war. Schmerz vergeht, Leid wird weniger, Liebeskummer verschwindet. Irgendwann. Ich gebe Dir mein Wort. Das Einzige, was wirklich hilft, ist Zeit. Es war keine befriedigende Lektion, aber eine, die mir Sicherheit gab, von der ich wusste, dass sie in 100% der Fälle stimmte. Wir könnten gar nicht überleben, wenn es nicht besser würde, das würden wir auf Dauer nicht aushalten. Du musst einfach nur an tausenden Morgen aufgewacht sein und es wird schon seit Langem wieder gut sein.

Als ich aufwachte, spürte ich, dass etwas anders war. Anders als die letzten knapp 150 Tage zuvor, anders als gestern, anders als die Schwere, an die ich mich mittlerweile gewöhnt hatte. Ich griff nach meinem iPhone, öffnete meine Bilder, es waren um die 41.000 Stück, und scrollte nach oben bis zum Juni 2016. Ich löschte alle Fotos, die wir voneinander gemacht oder einander geschickt hatten, von Situationen, die wir gemeinsam erlebt und festgehalten hatten. Es gab kein einziges gemeinsames. Ich schloss die App und öffnete mein Telefonbuch. Ich tippte die ersten Buchstaben seines Nachnamens, tippte auf seinen Kontakt und löschte ihn und seine Nummer. Zuletzt suchte ich in den archivierten WhatsApp Chats nach unser beider Korrespondenz und löschte auch diese. Es fühlte sich richtig an, in mir war kein Zögern, der Zeitpunkt war gekommen. Ich spürte, dass mein Herz wieder da war, wo es vorher geschlagen hatte, dass es ganz plötzlich einfach nicht mehr weh tat, an ihn zu denken. Irgendwann musste man das loslassen, was man dachte, das passieren hätte sollen und anfangen in dem zu leben, was tatsächlich passierte.

Ich stand auf, schob die Vorhänge beiseite und öffnete alle Fenster. Seit Monaten war es dunkel und muffig gewesen, seit Wochen hatte ich nicht mehr richtig gelüftet. Die kalte Februarluft strömte ins Zimmer, ich stieg währenddessen im Bad unter die Dusche. Es fühlte sich so gut an. Ich war wieder darin bestätigt worden, dass Zeit das Einzige war, was uns half. Sie war das Einzige, was zählte, wenn man an die Heilung einer Wunde dachte.

Ich fühlte mich stark, ausgeglichen, optimistisch und wieder bei mir. Er würde mir nicht mehr wehtun können, nie wieder, zumindest nicht mehr lebensbedrohlich. Ich ließ mich vom warmen Wasser einhüllen, die Tropfen der Genugtuung, dass es durchgestanden war, rannen an meinen gebräunten, schlanken Beinen hinab und versickerten im Abfluss. Ich ging mit einem um mich geschlungenen Handtuch und meinen nassen Haaren in mein mittlerweile kaltes Schlafzimmer zurück und schaute in den weißgrauen Himmel. Ich zitterte. Ich fühlte mich unbesiegbar.

Doch gerade, wenn wir uns am stärksten fühlen, tappen wir am leichtesten in die Falle. Wir werden übermütig und unachtsam, lassen uns vom Feind in einen Hinterhalt locken und sind plötzlich wieder angreifbar an Stellen, die wir für unverwundbar gehalten hatten.

»Bitte fahrt diesen Wagen jetzt entweder gegen die Wand, sodass nichts mehr, nur noch Trümmer übrigbleiben, oder endlich auf die richtige Spur. Es muss klar sein, dass es keinen dritten Versuch gibt.«, sagte Leon und das erschien mir der implizite Abschluss dieses eine Stunde andauernden Dialogs zwischen mir und meinem besten Freund. Eigentlich war es eher ein eine Stunde andauernder Anschiss gewesen, wenn man ehrlich war.

Wir waren an einem Sonntag im März spazieren gegangen, an der Isar entlang, über die Wittelsbacherbrücke und den Baldeplatz Richtung Hauptbahnhof. Wir sprachen über Chancen und Risiken, von denen wir beide sicher gewesen waren, sie nie wieder miteinander erörtern zu müssen. Am Vorabend waren wir zusammen, stark betrunken aus der Lola, einer Art Club-Bar mit schweren Samtvorhängen und guten Wodka-Drinks, gestolpert und hatten die gleiche U-Bahn nach Hause genommen, da wir im selben Haus wohnten. Ich war erstarrt, als ich in genau unserem Waggon plötzlich Nick entdeckte. Dieser Nick, den ich sechs Monate zuvor mit zerbrochenem Herzen und einem überschaubaren Häufchen Restwürde aus meinem Leben geschnitten hatte. Leon hatte mich am Mantel gepackt, mich eindringlich versucht davon abzuhalten, hinzugehen, Hallo zu sagen, ihn zu beachten. Ich war taub gewesen. Der Zufall ist ein perfides Arschloch.

Ich war hingegangen, hatte Hallo gesagt, hatte ihn umarmt. Er hatte eine gelbe Regenjacke an und den gleichen Gesichtsausdruck wie an jenem Tag gehabt, an dem ich ihn zum letzten Mal gesehen hatte. Er war nicht nüchtern, er wirkte traurig.

Nachdem wir alle drei an der Station »Kolumbusplatz« ausgestiegen waren, die eben am nächsten zu unseren drei Wohnungen lag, unternahm Leon einen letzten halbherzigen Versuch, mich von meinem Fehler abzuhalten, meine Stimme der Vernunft zu sein, mir einen zweiten Versuch, der mich wieder die nächsten Monate beschäftigen würde, auszureden. Vergebens. Leon kannte mich seit sieben Jahren. Er wusste, ich hatte die ein oder andere schiefe Idee, gerade in Bezug auf Männer gehabt und auch durchgezogen. Jetzt musste er sich sicher sein, dass ich völlig den Verstand verloren hatte. Er hatte die Tragödie mehr oder weniger hautnah miterlebt – manchmal, hatte er mir im Nachhinein erzählt, hätte er nicht mit Gewissheit sagen können, dass ich im 5. Stock nicht zwischenzeitlich an meinem Kummer eingegangen war.

Leon zuckte mit den Achseln, schüttelte den Kopf und verabschiedete sich von mir, Nick ignorierte er. Er trottete zum Ausgang und verschwand in der Dunkelheit.

»Wollen wir irgendwo reden?«

Ich nickte. Sämtliche Alarmmechanismen in mir waren ausgeschaltet, ich stellte nichts in Frage, glaubte nicht, dass all das eine schlechte Idee war, legitimierte den Umstand mit dem Schicksal. Meine Vernunft war aus meinem Körper geglitten, neben mich getreten und schrie mich an, aber ich konnte sie nicht hören.

Ein Mensch kann wie eine Droge sein. Er kann uns betäuben vor Glück und uns zu einem Wrack machen – je nachdem, in welcher Dosis wir ihn wie lange konsumieren. Und wie bei Drogen sind Wirkung und Entzugserscheinung ungefähr absehbar, aber eben individuell ausgeprägt.

Und hier war ich, die sich nach kaltem Entzug, Heulkrämpfen, einem schmerzenden Brustkorb und Wutausbrüchen, nach guten fünf bis sechs Monaten, ungefähr Mitte März, selbst aus einer Klinik als clean entlassen hätte. Mein Methadon waren Dating-Apps gewesen, ein lächerliches Substitut, durch das ich wenigstens nicht jeden Morgen beim Aufstehen schon zitterte. Und was rückblickend alles so übertrieben theatralisch klang, hatte sich in der Wirklichkeit eben doch so angefühlt, als sei ich an den Grenzen meiner eigenen Leidensfähigkeit angekommen. Und gleichzeitig wusste ich, dass es Unsinn war: Es gibt keine vorher festgelegten Grenzen dessen, was man ertragen kann. Man hält eben durch, was man muss.

Und hier war ich. Ich, der mir in meiner Sucht-Analogie zu diesem Zeitpunkt nicht klar war, dass ich mir hier gerade wieder einen Schuss setzen würde. Was man lange entbehrte, wurde einem entweder gleichgültig oder man gierte so abartig danach, dass die Ratio nur noch nicht unmerklichen Einfluss nahm.

Wir suchten uns eine kleine Bar, ich bestellte einen Wodka auf Eis. Ein Drink, falls man es einen nennen konnte, weil es nun mal nur eine Spirituose auf einem Eisklumpen war, den ich trank, wenn es mir besonders schlecht ging oder ich mit einer schockähnlichen Situation konfrontiert war.

Wie die Nacht voranschritt und wir beide immer betrunkener wurden, erfuhr ich, dass er nicht aufgehört hatte, an mich zu denken. Dass ich ihm gefehlt hatte, dass er froh war, dass wir uns in der U-Bahn wiedergesehen hatten. Dass er gehofft hatte, dass das passieren würde. Er sagte die richtigen Dinge, ich hörte zu. Er wollte eine zweite Chance, er hätte sich geändert, er küsste mich. Ich ließ es geschehen.

In den darauffolgenden Wochen ließ ich vieles einfach geschehen. Ich gab mir Mühe, aber ich blieb skeptisch. So sehr ich versuchte, mich selbst dazu zu überreden, Vertrauen zu haben, so sehr merkte ich immer mehr, dass meine Überzeugungskünste mir selbst gegenüber jämmerlich versagten. Wenn wir spazieren gingen, versprach er mir, mir Sicherheit zu geben, mir zu zeigen, dass er es diesmal ernst meinte. Ich blickte ihn aus großen Augen an und tat so als glaubte ich ihm.

Wir fingen wieder an, miteinander zu schlafen, doch diesmal blieb ich nachts einfach liegen. Er konnte mich nicht mehr wegschicken, so viel hatte ich von emotionaler Erpressung mit Schuldgefühlen verstanden.

Die Kluft wuchs, paradoxerweise immer stärker und schneller, je mehr ich versuchte, sie nicht aufreißen zu lassen. Ich erinnerte mich an die Verletzungen, die Momente, in denen ich mich missachtet, gedemütigt oder nicht gewollt gefühlt hatte. Anfangs hatte mir noch gefehlt, dass er mich sah, dass er mir zeigte, wie sehr er mich mochte oder was auch immer die Gefühle waren, die er mit mir verband. Doch mittlerweile wurde mir zunehmend egaler, welche Gefühle er für mich hatte. Und das war einerseits gut, aus Selbstschutz, andererseits war es der Tod für die Perspektive eines Miteinanders. All die Dinge, die ich vermisste, die ich mir so sehr wünschte, bohrten sich wie ein Keil zwischen Nick und mich. Es waren mehrere Wochen vergangen, doch darauf, mit mir zusammen zu sein, konnte er sich noch immer nicht einlassen.

Man musste nicht jeden Fehler zweimal machen. Bei manchen reichte das erste Mal aus, um festzustellen, dass es Fehler waren.

Aber manchmal musste man Fehler tatsächlich mehrfach machen, einfach um sicherzugehen, dass es wirklich Fehler waren. In den Momenten, in denen ich mich fragte, was das Ganze für eine schwachsinnige Idee war, antwortete ich mir kalt und abgeklärt, dass es sich um eine Versuchsanordnung handelte, mit der bewiesen werden sollte, dass wir beide auch ein halbes Jahr später nicht miteinander harmonieren würden. Ich gab mir Mühe, aber ich liebte ihn nicht mehr. Ich hatte alle Gefühle in mir totgeprügelt, hatte aktiv jeden Tag den Großteil meiner Energie darein investiert, ihn zu vergessen und das Ergebnis war ein irreversibles.

Eigentlich war das alles eine riesengroße Farce.

Dabei sehnte ich mich noch immer so sehr nach Verbindlichkeit, einer Perspektive miteinander. Die Versicherung seinerseits, dass er keine anderen Frauen traf, war für mich eine Selbstverständlichkeit, die ich ihm nicht als Zugeständnis, als Zeichen seiner Loyalität anrechnete, sondern als eine notwendige Bedingung dafür, dass wir uns überhaupt trafen.

Ich meinerseits hielt mich nicht an meine Regeln. Die Wochen plätscherten dahin, ich spürte, dass das nichts werden konnte. Wir spielten beide das gleiche Spiel, allerdings blufften wir an unterschiedlichen Stellen.

Ich driftete zurück auf Dating-Apps, schließlich traf ich mich mit meinem alten Freund Henry. Ich erzählte ihm von Nick, am selben Abend küsste Henry mich. In dieser Zeit, es war nun etwa April, lernte ich einen weiteren jungen Mann kennen, Ben.

Ben war etwas Besonderes für mich. Ich erschrak vor mir selbst, denn streng genommen war ich nicht jemand, der jemanden betrog. Allerdings war ich auch gerade niemand, der mit jemandem zusammen war.

Ich verstand, dass es an der Zeit war, den zweiten Versuch mit Nick endgültig abzuschließen. Er konnte mich nicht mal mehr verlieren, denn ich war gar nicht mehr bei ihm.

Auf den Tag genau ein Jahr nach unserem ersten Date saßen wir an eben jener Stelle an der Isar und einigten uns darauf, dass wir beide noch mal alles von Neuem versaut hatten, was man hätte versauen können. Ich gab ihm keine Schuld, dafür hatte ich keine Kraft mehr. Zum Abschied küsste er mich. Ich ließ es geschehen.

Wie viel einem jemand bedeutet, wie sehr man ihn in sein Leben lässt und wie stark man emotional involviert ist, sind nicht zwingend miteinander verbundene Systeme. Sie bedingen einander nicht und sie speisen sich nicht gegenseitig – zumindest nicht bei jedem. Zwei junge Menschen, die gutaussehend, intelligent, sympathisch sind, einen Job und eine Wohnung haben, die mitten im Leben stehen, bei denen das meiste passt, die in vielen, in ehrlicherweise absolut genug Bereichen ein gutes Team wären – und es trotzdem nicht auf die Reihe kriegen miteinander: Das sind die wahren Tragödien unserer Zeit.

Der Mensch handelt sich seine Probleme ein, weil es oft genug eine Diskrepanz gibt zwischen dem, was wir wissen, was richtig oder vernünftig ist und dem, was wir aus dem Bauch oder Herz oder Trieb heraus wollen – und weil wir dann viel zu oft Letzteres tun. Würden wir immer nach unserer Vernunft handeln, wir hätten keine Probleme. Aber wir würden eben auch nicht leben und genau das ist ja der springende Punkt.

Der Schmerz, die Traurigkeit, sie sind mehrschichtige, komplexe Gebilde, deren Fäden man hoffen kann, mögen sich von allein irgendwann auflösen oder die man sorgfältig beginnt, zu entwirren, weil man Gefühle immer so gut es geht mit dem Verstand analysieren will.

Der Mensch, von dem wir uns trennen, ist, wenn wir einander nicht mehr lieben oder nie geliebt haben, nicht mehr als ein Platzhalter. In ihm kumulieren unsere täglichen Routinen, das Schreiben, Telefonieren, aneinander Denken, sich Sehen, Zusammenwohnen, körperliche Nähe erleben. Routinen, die in jeder Faser unseres Seins anknüpfen, die brachial einfach weg sind und durch nichts, höchstens durch ein klaffendes, lautes, Angst machendes Loch, ersetzt werden.

Das ist das spürbarste. Erst weit danach kommt die Trauer über einander als gescheitertes Paar oder das, was man zusammen hätte werden können. Daraus also besteht Schmerz und vielleicht macht das Wissen um seine Anteile das Ertragen einfacher.

MICH AUCH

Oktober 2017

sex takes the consent of two
if one person is lying there not doing anything
cause they are not ready
or not in the mood
or simply don't want to
yet the other is having sex
with their body it's not love
it is rape

- rupi kaur[6]

Seit etwa 2 Wochen hatte ich mitbekommen, dass weltweit Millionen Frauen in sozialen Netzwerken veröffentlichten, dass und wie sie Opfer von Sexismus und sexualisierter Gewalt geworden waren; manchmal waren es bereits Jahrzehnte zurückliegende Ereignisse. Sie beschrieben, wie sie angemacht, angegrapscht, vergewaltigt wurden.

Als ich das las, fühlte ich mich merkwürdig entrückt, als habe all das nichts mit mir zu tun, als wüsste ich nicht, was die angemessene emotionale Reaktion darauf sei. Ich dachte viel darüber nach und kam zu dem Schluss, dass jede Frau mehr, die gestand, dass auch mit ihr schon sexuell übergriffig umgegangen wurde oder wird, bewies, dass das Ganze alltäglich passierte und viel häufiger war als man dachte. Scheinbar so alltäglich, dass sich bisher – wenn überhaupt – im Individuellen darüber geäußert wurde, selten jedoch wie jetzt im Kollektiv. Ich war ratlos, etwas in mir drin gab keine Ruhe, etwas in mir drin wehrte sich dagegen, diese Chance auf Selbsterkenntnis einfach so vorüberziehen zu lassen.

Ich fing an zu lesen, um zu verstehen, was das alles bedeutete, warum mein Unterbewusstsein so unruhig wurde, warum ich das Gefühl nicht loswurde, der einzige Weg heraus sei der Weg hindurch. Ich wollte verstehen, was »frauenverachtendes Verhalten« bedeutete, ob Männer unter sich über Sexismus sprachen und sich gegenseitig mit ihrem sexistischen Verhalten konfrontierten oder ob sie sich an männliche Privilegien als Angeln ihrer Welt gewöhnt hatten. Ich wollte begreifen, um welche Situationen es sich handelte, in denen Frauen Dinge taten, die sie nicht wollten, in denen sie sich herablassend, belästigend, respektlos und wie Objekte behandeln ließen oder keine Wahl hatten, sich anders behandeln zu lassen. Je mehr ich las, desto mehr verstand ich die Problematik dahinter, wer entscheiden durfte, was Sexismus war und was nicht. Je mehr Erfahrungen ich verstand, desto tiefer tat sich der Boden unter meinen Füßen auf. Je mehr ich verinnerlichte, dass mein eigenes Empfinden darüber richtete, ob eine Formulierung oder Berührung für mich unangebracht, unangenehm, demütigend oder schmierig war, desto weniger konnte ich die Offensichtlichkeit verdrängen, dass auch mir so etwas schon widerfahren war. Ich merkte, dass unter dem Pflaster meiner Verdrängung ein Knochenbruch lag, von dem ich bisher nichts geahnt hatte.

Seit nunmehr ungefähr 10 Jahren, die ich auf dieser Erde verbringe, interagiere ich mit Männern. Ich datete, hatte Beziehungen, hatte undefinierbare Dinge, die keine Beziehungen waren, hatte Sex oder was ich bislang dafürgehalten hatte, wunderte mich, ärgerte mich, war verletzt oder freute mich. Ich mochte Männer, ich dachte nicht, dass Männer Arschlöcher waren. Ich denke das im Übrigen bis heute nicht.

Doch es gibt Momente im Leben eines Menschen, in denen einem Dinge fundamental klar werden. Man hätte sie »Wasserglas-Momente« nennen können, weil einem jemand ein Glas Wasser ins Gesicht schüttete und man merkte, dass etwas nicht war, wie man dachte, dass es war. Von solchen Momenten hat man auf existenzieller Ebene im ganzen Leben nur wenige. Dies war so einer. Als ich anfing, die Erinnerungen zuzulassen, die Erfahrungen, die ich gemacht hatte, bewusst erneut zu durchleben, hatte ich den Eindruck, als stürze ein Teil dessen, was ich für Normalität gehalten hatte, in sich zusammen. Ich hätte bislang keine meiner sexuellen Erfahrungen auch nur in die Nähe der Kategorie »Vergewaltigung« eingeordnet. Mehr noch, ich war fest davon überzeugt gewesen, so sei es eben, dass Männer mehr wollten als ich, dass ich mich als Frau manchmal fügen musste, dass das »normal« sei, dass jede Frau so fühlte. Von einem auf den anderen Tag war ich in einem Zustand, in dem ich verstand, dass vieles davon weder »normal« noch »okay« gewesen war. Mir war ständig schlecht, ich musste mich häufig erbrechen, ich spürte Ekel und Enttäuschung. Vor allem aber fing ich an, mich in Details an Situationen zu erinnern, die ich längst für abgeschlossen, vielleicht sogar für vergessen gehalten hatte.

Es waren Situationen, in denen Männer Sex mit mir gehabt hatten, mit denen ich eigentlich keinen Sex hatte haben wollen. Situationen, in denen ich »Nein« gesagt hatte, aber vielleicht und scheinbar nicht laut genug oder nicht oft genug oder nicht körperlich wehrhaft genug. Situationen, in denen ich mir selbst Mut zugesprochen hatte, dass es gleich vorbei sein würde, dass ich es nur über mich ergehen lassen müsste. Ich erinnerte mich, dass ich nicht die Spielverderberin hatte sein, keinen Ärger hatte machen wollen. Ich erinnerte mich daran, dass ich gesagt hatte:

»Ich will das gerade nicht, Du tust mir weh«. Ich weiß heute sehr gut, warum »Nein heißt Nein« nicht ausreicht, warum es unbedingt »Ja heißt Ja« heißen müsste.

Wieso ich in diese Umstände geraten war, vermochte ich nur lückenhaft zu rekonstruieren, die Gefühle jedoch, die mich in diesen Momenten antrieben, kannte ich genau.

Eins der Gefühle war Schuldigkeit. Ein Mann hatte meine Drinks, ein anderer mein Taxi gezahlt, mit wieder einem anderen traf ich mich schon zum dritten Mal oder hatte mit ihm geflirtet. Es waren zunächst unausgesprochene Erwartungshaltungen, die so dick im Raum zwischen uns zu hängen schienen, dass ich sie mit Händen hätte greifen können. Ab einem gewissen Punkt hatte ich das Gefühl »bis zum Schluss« gehen zu müssen, meine Intuition, die in mir schreiend protestierte, betäubte ich mit Alkohol.

Ein anderes der Gefühle war Unterlegenheit. Es war mir gelungen, klar zu sagen:

»Ich will nicht mit Dir schlafen, ich will jetzt lieber nach Hause. Allein.«

Als Antwort bekam ich: »Du gehst jetzt nicht nach Hause, stell Dich mal nicht so an.« Ich blieb.

Manchmal hatte ich mich naiv gefühlt, blauäugig, wie ein Kind. Ich erinnerte mich an eine Situation, in der ich mich zu einem Wochenend-Trip mit einem Bekannten in Dresden verabredet hatte. Für ihn waren Semperoper und Grünes Gewölbe völlig nebensächlich, als ich ankam, hatte er im Taschenbergpalais entgegen der Vereinbarung nur ein Hotelzimmer mit nur einem Bett reserviert. An diesem Wochenende hatte ein deutlich älterer, körperlich viel stärkerer Mann mehrfach Sex mit meinem Körper. Er drängte mich dazu, sah mich dabei nicht an, während meine Tränen auf das Kopfkissen tropften. Ich hatte mich ekelhaft und benutzt und dumm gefühlt.

Zuletzt war das Gefühl der Ungläubigkeit darüber, wie das passieren konnte, was da gerade passierte. Ich war auf einer Party bei Freunden gewesen, viele der Gäste, die wie ich nicht aus Heidelberg kamen, übernachteten zusammen in einem Raum auf Matratzen. Ich wachte nachts davon auf, dass einer der anwesenden Jungs versuchte, auf mich drauf zu klettern, um Sex mit meinem schlafenden Körper zu haben. Ich raffte um halb fünf morgens meine Sachen zusammen und verließ panikartig die Wohnung. 3 Stunden saß ich im Winter in Heidelberg am Bahnhof und heulte und schämte mich.

Mir war bewusst geworden, dass ich beim Sex, selbst bei dem, den ich nicht wollte, immer darauf geachtet hatte, mich vor einer Schwangerschaft oder Krankheiten, mehr oder weniger physischen Beeinträchtigungen und Konsequenzen, zu schützen. Doch vor seelischen hatte ich mich nie geschützt.

Davor dass auch die psychische Gesundheit beim Sex Schaden nehmen konnte, hatte mich nie jemand gewarnt und ich ärgerte mich, als ich es begriff.

Man mutete sich Dinge zu, ich hatte mir Dinge zugemutet, die man nicht mehr vergaß, die der Körper nicht mehr vergaß, die höchstens irgendwann verblassten, die man sich selbst nicht mehr verzieh. Diese Erlebnisse hatten mich sehr verunsichert und ich hatte viel Respekt mir gegenüber verloren.

So sehr mir erst in den Tagen, in denen andere Frauen ihre Erlebnisse teilten, klar wurde, dass einige dieser meist Jahre zurückliegenden Erlebnisse wirklich schlimm gewesen waren, so sehr gelang es mir, mich daran zu stärken, dass sie nicht in einem Vakuum meiner Lebenserfahrungen schweben. Uns machte nicht nur das aus, was scheiße gelaufen war, sondern vor allem wie wir damit umgingen.

Mir gelang es, mich Jahre später nicht dafür zu hassen. Ich hatte eben gedacht, dass ich zu jener Zeit alt genug gewesen war, meinen Standpunkt zu vertreten, war ich aber nicht. Ich hatte gedacht, ich hätte mich durchsetzen können, konnte ich aber nicht. Das hatte ich mir selbst oft vorgeworfen, manchmal hatte ich gesagt, ich hätte mir den Sex in seiner Gesamtheit selbst »kaputt gemacht«. Das hatte ich aber nicht.

Ich hatte ebenfalls lange Zeit angenommen, die entsprechenden Männer trügen keine Verantwortung für ihr Handeln. Ich hatte angenommen, in einer Welt zu leben, in der sich geschlechterspezifische Unterschiede nicht in Machtasymmetrien übersetzten, aber in so einer Welt leben wir eben nicht. Oder zumindest noch nicht.

Sex ist nicht das Ergebnis von Geschacher oder Gefeilsche, nichts, auf was man sich nach Angebot, Gegenangebot und

Kompromiss letztendlich einigt. Man sollte nicht darüber verhandeln müssen, ob man will oder nicht und wenn man nicht wollte, dann war das eben so. Ich hatte über die Jahre das Gefühl bekommen, Männer dächten, sie müssten Frauen verführen. Und dass sie dächten, Frauen kokettierten nur, aber wollten insgeheim doch. Dass sie, wenn sie »Nein« sagten, eigentlich »Ja« meinten. Und dass sie, wenn sie stumm blieben, in jedem Fall wollen mussten. Doch so funktioniert das nicht.

Und ich, ich meinte nicht »Ja« und auch nicht »Ja, aber ich sage nur Nein, weil ich denke, Du hältst mich sonst für eine Schlampe«. Ich hatte gelernt, dass es so etwas wie eine »Schlampe«, die als solche bezeichnet wurde, weil sie mit vermeintlich zu vielen Männern schlief, nicht wirklich gab, sondern ein patriarchales Konzept war, welches Frauen Grenzen setzte, die es Männern nicht setzte. Ich hatte gelernt, dass mein »Nein« zählte und dass wir manchmal länger brauchen, um klar zu sehen, was falsch und ungesund ist. Und ich hatte gelernt, dass nicht mein Körper Schaden nahm, wenn ich mein nicht Wollen nicht durchsetzte, sondern meine Seele.

BAHNWÄRTER THIEL

April 2018

Ich legte den Kopf in den Nacken, schloss die Augen und spürte, wie die ersten warmen Tropfen auf mein Gesicht fielen. Es konnte so einfach sein, einen Moment in vollen Zügen zu genießen, zu spüren, wie selbst simple Dinge einem guttaten. Plötzlich war ich überrascht von dieser für mich untypisch hoffnungsfrohen Sicht auf die Umstände, auf mein Leben. Das musste eines dieser Hochs meines völlig verkorksten Serotonin-Stoffwechsels sein, der sich von den tauben Mittelwerten und den schwarzen Tiefs ungerecht selten abhob.

Noch während ich in der Dusche stand, dachte ich über Ben nach. Ben, der vor einer halben Stunde unvermittelt im Aufzug gestanden hatte, dessen letzter Berührungspunkt mit mir seine Facebook-Freundschaftsanfrage vor gut anderthalb Jahren gewesen war. Ich hatte sie abgelehnt, nicht ohne ihn zu fragen, woher wir uns persönlich kennen sollten. Einige Jahre zuvor hatte eine Kommilitonin mir ein Bild von Ben gezeigt und ihn als Workaholic, aber als einen sehr sympathischen beschrieben. Dieses Foto fiel mir wieder ein und es war unerwartet nah an dem, wie Ben in der Realität aussah. Er schien also nicht zu altern. Ben war blond, für einen Mann relativ klein, muskulös, aber nicht zu sehr und hatte ein schelmisches Grinsen. Er stand in diesem Aufzug mit einem riesigen Kleiderschrank vor sich, offensichtlich half er beim Umzug einer meiner Nachbarn. Ich erkannte ihn sofort. Er dagegen hatte offensichtlich keinen blassen Schimmer, wer ich war.

»Ich habe noch jemanden gefunden, der uns tragen helfen will«, hatte er wenig zielgerichtet ins Treppenhaus hinter mich gerufen und mich dabei angelächelt, irgendwo zwischen Ironie und dem vollen Bewusstsein, dass ich ihm unter Garantie nicht helfen würde.

Ben war ein Spiel mit dem Feuer. Jetzt schon. Manchmal antizipierte ich Entwicklungen, die sich für einen Außenstehenden nicht in Ansätzen voraussehen ließen mit beängstigender Zuverlässigkeit und auch hier hatte ich eine ziemlich präzise Ahnung gehabt, was aus dieser bislang etwa 7 Sekunden andauernden Begegnung in den nächsten Wochen werden würde. Ich verlor mich in dem Gedanken, warum ich mich immer wieder in Dinge verstrickte, die mich von dem Leben, das ich aktuell lebte, ablenken würden. Als hätte ich nicht genug Probleme mit mir selbst. Mittlerweile war ich dabei, meine handtuchtrockenen, seit zwei Tagen um 10 Zentimeter kürzeren Haare nach hinten zu bürsten, bevor ich anfing, sie mit einem Glätteisen zu bearbeiten.

»Das macht Dich unheimlich alt, viel älter als Du bist, wenn Du sie immer zusammenträgst. Du solltest sie öfter offen tragen«, hatte neulich jemand zu mir gesagt, dessen ehrliche, direkte Art ich schätzte.

Tatsächlich hatte ich eigentlich Locken, das wusste aber keiner und auch ich konnte mich schon kaum mehr daran erinnern. Das war einer der Teile von mir, den ich sie seit mittlerweile so langer Zeit in eine andere Form quetschte, dass es sich nach einem anderen Leben anfühlte, in dem ich ihn noch akzeptiert oder zumindest nicht bewusst als störend wahrgenommen hatte. So ging es mir mit vielen Dingen. Seit wahrscheinlich 10 bis 15 Jahren nun glättete ich also die aus meiner Sicht nachteilhaften, formlosen, strohigen und sperrigen Wirbel oder schlang mein Haar in nassem Zustand streng zu einem Dutt am Hinterkopf zusammen. Ja, vermutlich machte mich das älter als ich war. Vielleicht machte es mich so alt wie ich mich fühlte.

Eine Woche später wollte ich hinüber gleiten in einen dankbaren Schlaf, von dem ich mir erhoffte, er würde mir dabei helfen, mich wieder mehr wie ein Mensch zu fühlen. Aber es klappte nicht. Drei Stunden in der vorangegangenen Nacht waren einfach zu wenig gewesen, dachte ich, während ich vermied, mir vorzustellen, dass ich wohl so in etwa auch aussah. Mir war schlecht, was weniger am fehlenden Schlaf lag als vermutlich an der ganzen Flasche Bollinger Rosé Champagner, mit der ich mich am Vorabend bis zum gewünschten Zustand narkotisiert hatte und, so schien mir, noch über diesen Zustand hinaus. Die 4 Liquid Cocaine, die Ben zwischenzeitlich bestellt hatte, waren wahrscheinlich sogar vernachlässigbar in dem Gesamtschaden, mit dem ich mich jetzt durch den Samstagmorgen quälte. Während ich das flaue Gefühl in der Magengegend, den immer wiederkehrenden, zum Glück nur leichten Brechreiz, den klopfenden Kopfschmerz und meine trockenen Augen auszublenden versuchte, wurde mir langsam bewusst, was ich am Vorabend eigentlich getan hatte. Ich legte die Stirn an die kühle Fensterscheibe des ICE, in dem ich saß und schloss die Augen. Ich hatte die Kompliziertheit der Situation nicht einfach vermehrt, ich hatte sie quadriert. Vor meinem inneren Auge tauchten Fragmente der Begegnung auf, zumindest die, an die ich mich in meinem jetzigen Zustand erinnern konnte. Plötzlich saß ich wieder in der Bar des Flushing Meadows Hotels, eine meiner Lieblingsbars in München.

»Die Dinge sind ja selten kompliziert, es sind eher die Menschen, die sie kompliziert machen. Und meistens sind es nicht mal Dinge. Es sind Situationen, Erfahrungen, Gefühle und Gedanken – Dinge sind es eigentlich nie.« Ich blickte abwesend auf den kleinen goldenen Tisch vor uns.

»Wow. Von wem ist das?« Er sah tatsächlich für einen kurzen Moment beeindruckt aus.

»Das habe ich gerade erfunden. Naja. Es ist angelehnt an ein Zitat von Kafka. Das sagt in etwa: Die Liebe ist so unproblematisch wie ein Fahrzeug. Problematisch sind nur die Lenker, die Fahrgäste und die Straße.« Ich schaute ihn wieder an. Er nickte. Das Setting war, so sehr ich es auf genau diesen Flirt angelegt hatte, verwirrend. Verwirrend, surreal und verschwommen unter dem Einfluss des Alkohols, den zu viele Menschen als Legitimation für den Unfug, den sie anstellten, bemühten. Leider gehörte auch ich zu diesen Menschen, allerdings jedes Mal nur für eine kurze Zeit der unreflektierten Gnade mit mir selbst, bevor ich mir vor Augen führte, dass man ab einem gewissen Alter die Verantwortung für seine Fehlentscheidungen nicht mehr glaubwürdig auf eine Kategorie von Getränken schieben konnte. Manche Menschen hörten trotzdem nie auf damit. Mir wurde klar, dass ich kurz davorstand, einen Fehler zu machen. Nicht einen Fehler, den man in Definitionsräumen von richtig oder falsch hätte abbilden können, aber einen, von dem einem klar sein musste, dass er einfach moralisch nicht ganz okay wäre.

Bens Hand hatte mich immer wieder gestreift, so zufällig, dass es tatsächlich eine natürliche Geste der Annäherung gewesen sein konnte oder aber eine gänzlich beabsichtigte Berührung, weil nun mal jeder weiß, dass man damit Nähe schaffen, Anziehung verstärken und Vertrautheit katalysieren konnte. Jetzt ruhte seine Hand gerade wieder auf meinem Bein und das beunruhigend angenehme war, dass es mich nicht störte. Ich schloss die Augen und unterdrückte den Impuls, mich ihm zuzuwenden, mein Gesicht an seinem Hals zu verbergen, seinen Geruch einzuatmen. Ich schaute einfach geradeaus.

»Das ist wie ein schöner Unfall, weißt Du. Eine Art Aufprall auf eine Betonwand, den man auf sich zukommen sieht, man beobachtet sich dabei. Man weiß, dass man mit nur einem Moment eine Grenze übertritt, nach der sich Dinge verschieben. Nur dieses Mal wird sich der Unfall gut anfühlen.« Die Augen hielt ich weiterhin geschlossen.

Ich merkte, dass er mich von der Seite anschaute.

»Möchtest Du eigentlich, dass Dir hier eine Entscheidung abgenommen wird?«

Nicht mal das hatte ich beantworten können, denn man kann nicht gleichzeitig etwas nicht wollen und es so sehr wollen, daher schwieg ich und wartete einfach darauf, dass die Bombe einschlug.

Er schmeckte nach nichts, was in Anbetracht der verschiedenen Spirituosen, die er hintereinander weggetrunken hatte, schon erstaunlich war. Sein Kuss war unerwartet zurückhaltend, schwer zu sagen, ob kaum spürbar oder fordernd. Für diesen Moment hörte ich auf zu denken, zu sehen, dass das gerade das emotionale Chaos, in dem ich eh schon steckte, um ein Vielfaches verschlimmern würde. Er war der Moment. Und der Keim eines schlechten Gewissens wurde durch die Intensität dessen, was ich erlebte mit einer Leichtigkeit hinweggeweht, die sich wohltuend in mir ausbreitete.

Die Stufen fühlten sich alt und durchgetreten an, sie knarzten und gaben leicht merklich bei jedem Schritt etwas nach. Trotzdem setzte ich weiter einen Fuß nach den anderen und erklomm eine Art Holzterrasse, auf der ein paar staubige

Teppiche lagen und einige niedrige Liegestühle standen. An den Seiten waren bunte Lichterketten gespannt. Es war ein Sonntagnachmittag Ende Juni, es hatte vielleicht 25 Grad und diese eigenartig gelassene, irgendwie heruntergekommene Szenerie löste in mir ein Gefühl aus, das ich nicht kannte. In etwa so musste man sich als Statist in einer dieser Bier-Mischgetränk-Werbungen vorkommen, Schöfferhofer Grapefruit oder wie das hieß.

Ich kniff die Augen zusammen und sah seine Lederjacke über einer der Liegestuhllehnen hängen, noch bevor ich ihn, mit dem Rücken zu mir gedreht erkannte. Er schien die Aussicht von hier, dem Bahnwärter Thiel, zu genießen. Sonntags fuhren keine Züge, die Gleise lagen ruhig vor ihm. Irgendwie musste er bemerkt haben, dass ich ihn einige Sekunden beobachtet hatte, denn plötzlich drehte Ben sich herum und schaute mich direkt an. In der einen Hand eine Bierflasche, bedeutete er mir mit der anderen zu ihm zu kommen und mich auf einen der beiden Liegestühle zu setzen.

»Kann ich Dir auch eins holen?«

»Wenn das ein Radler ist, dann gerne.« Nach ein paar Minuten kam er mit zwei vollen Flaschen zurück, erst da umarmte er mich und murmelte, dass er sich freue, dass ich da sei. Er trug eine Sonnenbrille, er sah wie immer unverschämt gut aus, und begann zu erzählen, warum er gerne hier sei. Der Bahnwärter Thiel war für ihn gefühlt sein zweites Wohnzimmer in München, er mochte die Musik, die Leute, die Atmosphäre und verbrachte nicht wenige Nächte bis Morgen an Wochenenden hier. Wenn ich später an Ben zurückdenken würde, war der Bahnwärter, oder BT wie ihn Ben nannte, eine der Assoziationen, die mir als erste kam. Ich war vorher noch nie in so einer Art Kulturzentrum gewesen, für meine Geschmack war es zu alternativ, zu sehr Rave, zu sehr Club Mate, zu wenig gepflegt, zu wenig Hip-Hop, zu wenig

Auswahl an Drinks. Ich schielte verstohlen auf meine schwarzen Pumps, die zwar keinen besonders hohen Absatz hatten, die aber eben auch keine abgefuckten Sneakers waren und mit denen ich vor einigen Minuten über das Geröll vor dem Eingang gekraxelt war. Sie passten nicht hierher, ich passte nicht hierher, aber es ging trotzdem, irgendwie. Der Bahnwärter Thiel war gewissermaßen die Metapher dafür, wie wenig Ben und ich auf den ersten Blick zusammenpassten und wie wir dennoch spielend leicht miteinander Zeit zu verbringen mochten. Ben hatte in der Zwischenzeit aufgehört zu reden und beobachtete mich. Er hatte die Sonnenbrille abgenommen und schaute mich an. Es war schwierig zu sagen, ob Neugier, Anziehung oder Vertrautheit aus seinem Blick sprach, aber das Angenehme war, dass ich weder das Bedürfnis hatte, wegzuschauen noch das entstandene Schweigen zu brechen. Ich genoss die Stille und den Augenblick zwischen uns, frei von Erwartungen oder tiefen Emotionen oder davon, darüber reden zu müssen, wie nah wir uns vor ein paar Wochen gekommen waren.

Ich war mir bewusst, dass wir beide uns diesen Moment nur leisten konnten, weil wir nicht miteinander geschlafen hatten. Wenn man mit Menschen schläft, übertritt man eine Grenze, etwas verschiebt sich irreversibel, ein Verhältnis ist danach meistens nicht mehr wie zuvor. So war es zwischen uns beiden nicht und dafür war ich dankbar.

Wir saßen noch eine Weile so da, während wir unsere Radler leerten und er über sein aktuelles Projekt sprach. Ich begann irgendwann unruhig herumzurutschen, was er bemerkte und vorschlug, einen Spaziergang zu einer anderen Bar oder einem Café zu machen. Mir war das recht, denn dass ich kein weiteres Radler wollte und der Liegestuhl langsam unbequem wurde, war nur die Hälfte des Grunds für meine Unruhe.

Als wir das Gelände verlassen hatten und Richtung Glockenbachviertel spazierten, fing ich an, ihm zu erzählen, wovon mir wichtig war, dass er es wusste. Nicht, weil es einen Unterschied für unser beider Verhältnis gemacht hätte, viel mehr, weil ich in seinen Augen wie jemand wirken wollte, der erwachsene, selbstfürsorgliche, vernünftige und konsequente Entscheidungen treffen konnte. In Realität konnte ich das oft nicht, aber das war jetzt egal. Es ging mir nur um diese eine Sache. »Weißt Du noch, als wir uns vor ein paar Wochen getroffen haben, in der Bar? Da hatte ich Dir erzählt, dass ich eigentlich gerade jemanden treffe. Oder wieder treffe.«

»Hm, ja. Ich erinnere mich. Und ich erinnere mich, dass Du nicht das Gefühl hattest, dass das Zukunft haben könnte.«

»Das habe ich gesagt? Aber ja, stimmte im Grunde auch. Egal, was ich sagen will, ist, dass es ihn nicht mehr gibt. Also es gibt ihn, Nick – so heißt er – schon noch, aber wir haben es beendet. Genau genommen haben wir es ja schon zum zweiten Mal beendet, es wird also offenbar wirklich nichts.«

»Okay.« Er fixierte mich von der Seite, ganz so als wolle er nicht fragen, warum ich ihm das erzählte, aber irgendwie trotzdem etwas verunsichert, was das mit ihm zu tun haben sollte.

»Naja. Ich wollte Dir das erzählen, weil ich in Deinen Augen nicht als jemand dastehen will, der mit jemandem – Dir – in einer Bar rummacht, obwohl er streng genommen jemand anderen trifft. Und gleichzeitig soll Dich das natürlich nicht unter Druck oder irgendwas setzen, diese Entscheidung hat nichts mit Dir zu tun.« Er ging gleichmäßig weiter und schaute unbeeindruckt, aber leicht grinsend nach vorne.

»Ach, weißt Du. Erstens machst Du Dir zu viele Gedanken, darüber was andere, was ich von Dir denke. Ich denke gar nichts, aber es sollte Dir auch egal sein. Und zweitens, gut gemacht. Dieser Typ war scheinbar nichts für Dich, er hat Dich nachdenklich und zweifelnd gemacht, er hat Dir kein gutes Gefühl gegeben und das sind keine guten Qualitäten als Mann oder Freund oder so. Drittens, ich fühle mich von nichts unter Druck gesetzt, ich mag Dich, ich verbringe gerne Zeit mit Dir, that's it.«

»Okay.« Ich schaute betreten unter mich, hatte ich dem ganzen so viel Bedeutung beigemessen, aber auch erleichtert, diese Information scheinbar ohne Konsequenzen losgeworden zu sein.

Wir waren mittlerweile am Gärtnerplatz angekommen. Ich steuerte zielsicher das »del fiore« an, ich war mir sicher, dass wir beide dort fündig würden. Er ließ sich auf einen der Stühle nieder und rückte mir den anderen zurecht, so dass wir beide nah nebeneinandersitzen und gleichzeitig einen guten Blick auf den vor uns liegenden Platz hatten. Er bestellte uns beiden Aperol Spritz, nicht ohne sich vorher vergewissert zu haben, dass mir das passte. Männer, die mir ungefragt Getränke bestellten, fand ich bevormundend, Männer, die für mich mein gewünschtes Getränk bestellten, charmant. Männer, die drüberstanden, ob sie da gerade ein vermeintliches »Frauengetränk« tranken, fand ich derbe cool. Ben sammelte unwissend fleißig Punkte. Ich fragte nach Oliven, er bestellte Penne all'Arrabiata.

Mit Ben rauchte ich manchmal, auch wenn ich noch nicht betrunken war. Er war kein Raucher, aber rauchte mit oder bot mir eine Kippe an. So saßen wir wieder da, beobachteten die Menschen, die spätnachmittags an einem Sonntag über den Gärtnerplatz flanierten und genossen die Sonnenstrahlen und einen leichten Schwips. Meine Gedanken drifteten wieder ab, ich fragte mich wie reproduzierbar das Gefühl mit Ben war, was dieser Flirt bedeutete, wie weit ich vorhatte zu gehen. Ich mochte ihn, ich wusste, dass er schlau war, ich fand ihn auf eine schwer zu beschreibende Art anziehend. Er war nur etwas größer als ich, für einen Mann eigentlich viel zu klein, sonst ein absolutes No-Go für mich, fiel es mir an Ben nicht mal auf. Trotz allem war ich mir aus irgendeinem Grund beeindruckend sicher, mit ihm keine Beziehung führen zu können, zumindest keine gesunde. Ben hatte für mich etwas Mysteriöses, Undurchschaubares und etwas Kaputtes, Zerbrochenes, auch wenn ich nicht wusste, was. Ich wusste nichts über seine Familie, über bisherige Beziehungen, über Dinge, die ihn traurig machten, angriffen oder ärgerten. Ben war für mich kaltes Metall, konsequent, ehrgeizig, ausdauernd, hart, unangreifbar. Und er war für mich warmes Holz, männlich, anziehender Geruch, fürsorglich, beschützend. Ich fühlte mich immer sicher, wenn er bei mir war, aber war er nicht mehr bei mir, fühlte ich gar nichts von ihm. Ben hatte eine großflächige Tätowierung auf seinem Rücken von einem Schulterblatt zum anderen, er ging nachts um elf laufen, weil er sonst keine Zeit dazu fand und ohne ausreichende Erschöpfung nicht schlafen konnte. Er arbeitete seit Jahren in Investmentbanken oder Beratungen, es konnte gut sein, dass er ebenso lang keinen Urlaub mehr genommen hatte. Zum Runterkommen, wohin er sich laut eigener Aussage zurückzog, hörte er Ólafur Arnalds, einen für seine melancholischen instrumentalen Stücke bekannten, isländischen Künstler. Ben faszinierte mich, aber verstehen konnte ich ihn nicht.

Was uns beide anzog, waren weniger die Gespräche – auch wenn wir uns gut verstanden und uns nie die Themen ausgingen. Es war etwas auf unterbewusster Ebene Körperliches, etwas, das mit Verlangen, mit Spannung, gerade damit sich wenig zu kennen zu tun hatte und etwas, das ich mir selbst schwer beschreiben konnte. Ich hatte mir manchmal vorgestellt, mit ihm zusammen zu sein; in meiner Vorstellung saß ich meistens allein in seinem Bett, in seinem riesigen, minimalistischen Loft in Neuhausen, er war nicht bei mir. In anderen meiner Vorstellungen gingen wir zusammen in teuren Restaurants essen, auf irgendwelche Raver-Konzerte oder hatten verdammt guten Sex. In keiner meiner Vorstellungen erzählte der eine dem anderen von seinen Ängsten, Träumen, Zielen, nie überlegten wir zusammenzuziehen oder den anderen den Eltern vorzustellen. Es war merkwürdig. Ich hatte nie mit ihm geschlafen und konnte doch nichts darüber hinaus Gehendes vor mir sehen.

Er räusperte sich. »Um das Thema jedenfalls abzuschließen: Du solltest Dinge machen, die Dir guttun, von denen Du denkst sie sind eine gute Idee. Nicht von denen Du denkst, sie werden die Erwartungen anderer an Dich erfüllen. Insofern alles gut.« Ich fühlte mich bei meinen Gedanken ertappt, aber irgendwie auch bestätigt und plötzlich sehr angeheitert. Es war nicht mehr allzu warm und ein Radler und ein Aperol machten mich eigentlich nicht betrunken. Ich hatte plötzlich eine fixe Idee, geboren aus Neugier, Erregung und der Befürchtung, dass ich vielleicht doch bald eine emotionale Ablenkung gebrauchen könnte. Vielleicht auch ein Stück weit vergessend, dass ich mir mit reinen Bettgeschichten 5-10 Jahre früher immer mehr ins eigene Fleisch geschnitten, mir nachhaltig geschadet hatte, als dass sie mir Befriedigung oder Zuneigung gebracht hätten. Dieses Mal könnte es anders werden.

Nachdem er gezahlt hatte, gingen wir nebeneinander her, überquerten den Gärtnerplatz und liefen durch die Klenzestraße zur U-Bahn-Haltestelle »Fraunhoferstraße«. Wir fuhren die zwei langen Rolltreppen hinab und standen an den nebeneinanderliegenden Gleisen. Mit der U1 Richtung Olympia-Einkaufszentrum gelangte man nach Neuhausen, mit der U2 Richtung Messestadt-Ost in die Au zu meiner Wohnung an den Kolumbusplatz.

Sichtlich unschlüssig, wie es weiter gehen sollte, fingen wir an, uns zu küssen, das erste Mal seit unserem ersten Kuss in der Bar vor einigen Wochen. Er küsste mich innig, er hielt mich fest, ich genoss den Moment, mein Herz schlug bis zum Hals. Ich war mir sicher, er würde es schlagen hören und ich war mir sicher, er würde mich gerne mit zu sich nehmen. Ich wand mich aus dem Kuss und schaute ihm in die Augen.

»Was hältst Du von sowas wie friends with benefits?«

»Mit Dir?«

»Nein, mit irgendwem. Ja, offensichtlich mit mir.« Ich fing nervös an zu lachen, war das zu offensiv gewesen?

»Können wir ausprobieren, okay. Und wir könnten auch heute damit anfangen, was meinst Du?«

Ich war perplex. Ich wollte mit ihm schlafen, aber gedanklich hatte ich das auf in ein paar Tagen bis 2 Wochen verschoben. Ich war nicht bereit, zumindest heute nicht.

»Du fliegst doch bestimmt morgen wieder früh. Und ich muss auch noch was fertig machen. Beim nächsten Mal, okay?« Er lächelte mich an, ich las Vorfreude, Verständnis und aufrichtige Zuneigung. Ich hatte gut gewählt, so war ich sicher. Hinter mir fuhr die U-Bahn ein, ich küsste ihn und schlüpfte noch in die Tür, kurz bevor sich diese schloss. Im Abfahren formte ich mit meinen Lippen einen Kuss in seine Richtung. Er stand noch immer so da, wie ich ihn losgelassen hatte und schaute mir grinsend nach.

Er ahnte nicht, dass ihm schon kurz darauf jemandem in die Quere kommen, dass es kein nächstes Mal geben würde. Ich ahnte nicht, dass das Leben mir geben sollte, wozu eine Affäre nur die zweitbeste Alternative gewesen wäre. Wir beide ahnten nicht, dass wir einander nicht wiedersehen würden.

LIEBE IST EINFACH

Juli 2018

when I saw you first,
it took every ounce of me
not to kiss you.
when I saw you laugh,
it took every ounce of me
not to fall in love.
and when I saw your soul -
it took every ounce of me.

- atticus[7]

Ich strich mir über die glatten Unterschenkel und zog meine Knie so gut es ging zu mir heran, in fast gleichgültiger Hoffnung, dass mir niemand unter mein Kleid schauen würde. Ich trug ein schwarzes Etuikleid, saß auf den Stufen des Nationaltheaters und wartete auf mein Date des heutigen Abends. Tatsächlich bewegte sich in mir weder Erwartung noch Hoffnung noch Nervosität. Mir war klar, dass ich mir selbst in den letzten Wochen mit der schieren Masse an über Dating Apps vereinbarten Verabredungen sämtliche normalerweise mit der Besonderheit dieser Situation verbundenen Emotionen abgeschliffen hatte. Wenn man ehrlich war, hatte ich innerlich schon aufgegeben. Beziehungsweise hatte ich mich mit der Aussicht auf eine beginnende Affäre mit Ben versöhnt.

Mein iPhone blinkte, mein Date würde sich verspäten, er hatte Nationaltheater und Feldherrnhalle miteinander verwechselt. Beides größere Gebäude mit Stufen davor, dachte ich. Meine Lippen kräuselten sich leicht, es amüsierte mich, aber nicht in überheblicher Weise. Kurz zuvor hatte ich ihm die von meinem Uber-Fahrer ausgegangene wenig subtile Avance geschildert, jetzt wurde mir bewusst, dass dieser noch immer am Fuße der Treppe, auf der gegenüberliegenden Straßenseite hielt und mich offenbar beobachtete.

»Du musst mich retten, der Typ ist mega creepy und steht hier immer noch. Komm schnell!« schrieb ich, obwohl gerettet zu werden nichts war, was zu mir passte oder dessen ich bedurft hätte.

Ich schaute auf, als ich merkte, dass sich jemand mit schnellen Schritten, 2 Stufen auf einmal nehmend, auf mich zu bewegte. Er war es, es war leicht zu erkennen, sah er doch exakt genauso aus wie auf all seinen Bildern. In all diesem

Spiel schon etwas Ungewöhnliches. Es waren mindestens 26 Grad, Mitte Juli, an einem Freitagabend und doch sah er trotz Radfahrens und der Verspätung frisch und unverschwitzt aus. Er lächelte mich an.

»Du bist Jonas«, begrüßte ich ihn, während ich einen Fuß aufsetzte, um möglichst mühelos aussehend aufzustehen. Ich küsste ihn auf die Wange.

Er strahlte förmlich, was seinem jung gebliebenen Gesicht gutstand, und gleichzeitig, so schien mir mehreren Faktoren geschuldet war. Mein Eindruck war, dass er mich attraktiver fand, als er erwartet hatte und dass er gleichzeitig so unverbraucht von all den Dating Games war, dass es ihn nicht scheute, seine Emotionen in seinem Gesicht zu tragen. Er wirkte so verdammt ehrlich, ich erschrak fast. Er spielte offenbar kein Spiel, mehr noch: er schien es nicht nötig zu haben und das machte ihn von einem Moment auf den anderen überraschend interessant.

»Ich bin nach Gefühl gefahren, sorry. Also ich dachte aus der Erinnerung, das andere sei das Nationaltheater. Nun ja. Dem war nicht so.« Er grinste selbstironisch.

»Kein Problem, ich habe nicht lange gewartet. Beziehungsweise lange genug, um festzustellen, dass es besagte Pop-up Bar hier im Moment irgendwie nicht zu geben scheint. Was bedeutet, dass wir uns eine neue Location suchen müssen.«

»Okay, alles klar. Fallen Dir spontan welche ein? Ich kenne mich mit Bars gar nicht so gut aus.« Er blickte sich um, als liege irgendwo hinter ihm die Lösung, dann schaute er mich wieder an. »Ja, mir fallen spontan drei ein, die können wir jetzt nacheinander abklappern. Und zwar die Bar München, die Dachterrasse vom Mandarin Oriental und die Lux Bar.«

Wir gingen die Maximilianstraße entlang, er schob sein Rad lässig mit der einen Hand. Wir fingen an, uns zu unterhalten.

Später würde ich mich nur daran erinnern können, dass er immer wieder beschwor, ein Nerd zu sein – wie er es auch in unseren Chats bei Tinder schon beschrieben hatte. Ich hielt dagegen, er war zu lustig, zu attraktiv und zu sozialkompetent, zumindest, um meinem Stereotyp eines Nerds gerecht zu werden.

Die Bar München hatte, wie sich herausstellte, seit einigen Wochen geschlossen, die Dachterrasse des Mandarin Oriental war, eigentlich wie zu erwarten an einem Freitagabend, brechend voll. Blieb fürs erste nur noch die Lux Bar. Als wir dort ankamen, hatten wir uns bereits eine halbe Stunde unterhalten, miteinander gelacht und festgestellt, dass wir den anderen sympathisch und attraktiv fanden.

Die kleine Hotelbar hatte diverse Nischen, das schönste Detail waren die Champagner-Klingeln, welche an 4 Tischen als Klingelknopf mit Messingschild angebracht waren und mit denen man sozusagen direkt nach Champagner läuten konnte. Es war angenehm dunkel, wir saßen an einem Tisch, der halb im Fenster stand, sodass dämmeriges Frühabendlicht hereinfiel.

Ich bestellte einen Campari Orange, er ein Radler und einen Espresso. Zu unseren Getränken brachte der Kellner ein kleines Schälchen mit gesalzenen und Wasabi-Erdnüssen. Dann begannen wir mit den Fragen.

Ich hatte ihm von meiner Idee mit den Fragen erzählt, als wir uns bereits darauf geeinigt hatten, uns bald persönlich zu treffen. Ich hatte ihm gestanden, wie lange ich mich schon auf Dating-Apps herumtrieb, wie enttäuschend die bisherige Resonanz gewesen war, dass ich die immer gleichen, wenig beeindruckenden Dates verlebte.

Er hatte mir geantwortet, dass ich vielleicht bei ersten Dates mal etwas ganz anderes machen sollte. Achterbahnfahren oder ins Aquarium oder irgendeinen Workshop zusammen machen. Mir gefiel der Gedanke, seine Vorschläge aber waren mir zu schräg. Seit ich vor einigen Jahren über Monate hinweg Herz-Rhythmusstörungen gehabt hatte, vertraute ich meinem Herz nicht mehr vorbehaltlos. Ich würde mich auf keinen Fall in eine Achterbahn setzen. Aber mir fiel etwas ein, das ein erstes Date auf eine andere Weise »anders« machen konnte, das ich eigentlich schon seit längerem mit einem Mann hatte ausprobieren wollen. Bislang hatte ich mich nicht getraut, es jemandem vorzuschlagen, aber bisher war auch noch keins meiner ersten Dates so offen für Neues gewesen.

In einer 1997 im »Personality and Social Psychology Bulletin« erschienenen Studie hatte man untersuchen wollen, ob sich Nähe bei sich vormals völlig fremden Personen allein mittels 36 Fragen[8] erzeugen ließe. Die Fragen waren in 3 Sets geteilt, sie steigerten sich in Intimität und Intensität. Laienhaft zusammengefasst konnte man sagen, dass ja, sich die Probanden nach dem gegenseitigen Beantworten der Fragen näher waren als vorher. Manche von ihnen hatten sich sogar ineinander verliebt.

Dieser Gedanke hatte bei mir verfangen. Ich dachte darüber nach, wie es war, jemanden besser kennenzulernen als mit den gängigen Fragen, die man sich bei ersten Dates stellte. Ich versuchte mir vorzustellen, wie es wäre, sich ineinander verliebt zu haben, nach nur einem gemeinsam miteinander verbrachten Abend. Schließlich jedoch kam ich zu dem Ergebnis, dass man beim Beantworten der Fragen vor allem merkte, wie man sich in Gegenwart des anderen fühlte, ob es einem leicht fiel, ehrlich zu antworten, ob man sich gerne öffnete.

Schon bei den Fragen des ersten Sets, den ersten zwölf, konnte man, wenngleich noch auf recht oberflächlichem Level, erkennen, wer der Mensch war, der einem gegenübersaß. »Was macht einen perfekten Tag für Dich aus?«, »Für was in

Deinem Leben bist Du am dankbarsten?« oder auch, Nummer 11, »Erzähle Deinem Gegenüber in 4 Minuten Deine Lebensgeschichte – so detailreich wie möglich.«

Im zweiten Set ging es um Werte, Selbstreflektion, Familie und Erfahrungen: »Welche ist Deine schlimmste Erinnerung?«, »Nenne Deinem Gegenüber 5 Dinge, die Dir als positives Merkmal an ihm auffallen.« und »Welche Gefühle hast Du, wenn Du an die Beziehung mit Deiner Mutter denkst?«.

Das dritte Set schließlich thematisierte nur noch die Beziehung der beiden Gesprächspartner miteinander, zum Beispiel: »Angenommen, Du und Dein Gegenüber würden enge Freunde, was wäre wichtig über Dich zu wissen?« oder »Sag Deinem Gegenüber, was Du an ihm oder ihr magst. Sei besonders ehrlich und nenne Dinge, die Du möglicherweise nicht zu jemandem sagen würdest, den Du gerade erst kennengelernt hast« oder »Teile ein persönliches Problem und frag Dein Gegenüber, wie er oder sie damit umgehen würde. Bitte Dein Gegenüber außerdem, Dir zu sagen, wie Du in Bezug auf Dein gewähltes Problem auf ihn oder sie wirkst.«

Wenn man die Fragen zum ersten Mal las, konnten sie einen einschüchtern. Mich hatten sie nur fasziniert. Ich hatte es kaum erwarten können, sie Jonas zu stellen. Ich hatte es kaum erwarten können, sie Jonas zu beantworten.

Wir hatten etwa 3 ½ Stunden gebraucht, um uns gegenseitig alle Fragen zu stellen und zu beantworten. In diesen 3 ½ Stunden waren wir uns nähergekommen, wir hatten gespürt, wie roh der jeweils andere vor uns saß, manchmal waren uns Tränen in die Augen gestiegen. In den 3 ½ Stunden hatten wir weitere Drinks bestellt und waren beide leicht betrunken geworden. An einem Punkt hatte ich unter dem Tisch mit meinem Fuß den seinen berührt, unsere Blicken hat sich in diesen Sekunden intensiviert, mein Herz hatte laut gegen meine Brust geschlagen.

Am Ende aller Fragen sollte man sich 4 Minuten lang anschauen, ohne etwas zu sagen, ohne zu lachen, wenn möglich, ohne auszuweichen. Es war ein Gefühl, das man sich vorher nicht vorstellen konnte.

Am Ende der 36 Fragen und der 4 Minuten wussten wir nicht, was der jeweils andere beruflich machte, wie viele Tinder Dates er gehabt hatte, welche Musik er hörte. Dafür wussten wir die wichtigen Dinge voneinander, diejenigen, die die Basis dafür bildeten, ob man sich ineinander verliebte oder eben nicht. Wir wussten genug, um uns wiedersehen zu wollen. Um zu begreifen, dass das was wir hatten, schon jetzt etwas Besonderes war. Wir wussten genug, um zu merken, dass wir vor dem anderen unumwunden wir selbst sein konnten, dass der andere einen mit all seinen Ängsten, Vorlieben, Erfahrungen, Werten, Schwächen, Interessen und Fehlern sehr mochte, ja, vielleicht sogar mehr als das.

Wir beendeten den Abend in einem Club einige Hundert Meter die Straße rauf. Er hieß Crux, spielte nur Hip-Hop, wir tranken Apple Pie Shots mit Wodka. Als seine Hand meinen Rücken hinabglitt, tat ich, was ich schon seit Stunden hatte tun wollen.

Seine Küsse waren warm und leidenschaftlich, sie fühlten sich an, als habe auch er seit Stunden auf diesen Moment gewartet. Seine Küsse passten zu meinen, seine Hände fanden meine, sie passten zueinander, unsere Charaktere taten es und das hatte ich lange nicht, wenn nicht noch nie gefühlt.

»Your relationship should be a safe haven not a battlefield. The world is hard enough already.« sagte ich und ließ meinen Blick Richtung Horizont wandern. Er blieb an den in einigen

100km Entfernung aus dem Blau ragenden Umrissen hängen, einer Insel deren Namen ich ungefähr zehnmal in den letzten 5 Tagen vergessen hatte und den Jonas dennoch nicht zu wiederholen müde geworden war.

»Isla de los Lobos« antwortete er mir, ohne dass ich gefragt hätte – er war meinem Blick gefolgt und musste geahnt haben, welche Frage ich mir in Gedanken erneut gestellt hatte.

»Hm, das klingt richtig« kommentierte er mein Zitat und biss von seiner Reiswaffel ab, auf der er mit irgendwas zwischen Hingabe und Pedanterie Teile der noch nicht überreifen Avocado verteilt hatte. Die leicht braunen Stellen hatte er abgekratzt und am Tellerrand verteilt. Bei so etwas schien er empfindlich zu sein.

Wir kannten einander gute 3 Wochen, nach unserem ersten Date war am nächsten Abend das zweite und am darauffolgenden Sonntagnachmittag das dritte gefolgt. Wir waren spazieren gegangen, hatten in einer Hotelbar Tapas gegessen, er hatte mich schließlich davon überzeugt, bei mir zu übernachten. Ich war nervös gewesen, nervös, dass es mir zu schnell ging, doch er hatte mich einfach in den Arm genommen und nicht versucht, mich zu Intimität zu drängen. Seit dieser Nacht hatten wir jede gemeinsam verbracht und quasi jede Minute tagsüber, in der wir nicht arbeiteten.

Nach einigen Nächten hatten wir miteinander geschlafen, eine Erfahrung, die ich ohne Übertreibung als den besten Sex meines Lebens einstufte. Jonas gelang scheinbar mühelos, was vor ihm keinem Mann gelungen war – für mich ein weiterer Beleg, dass wir einfach unheimlich gut zueinander passten. Eben auch im Bett.

Am Tag nach unserem ersten Date hatte ich meine Eltern getroffen und den Grund meines Grinsens nicht verheimlichen können. Ich hatte nur seinen Namen genannt, Jonas, und mein Strahlen hatte das übrige getan.

Sieben Tage nach unserem ersten Date schrieb er mir, dass er fand wir seien jetzt zusammen. Ich reagierte überrascht – gemessen an der Menge der Männer der letzten Jahre, die das Konzept von Verbindlichkeit mieden, wo sie nur konnten, war das exakt, was ich mir wünschte, aber eben nicht erwartet hatte. Er fragte mich außerdem, ob er sich recht dreist in meinen bereits gebuchten zweiwöchigen Urlaub nach Lanzarote einklinken dürfe.

In vielerlei Hinsicht war ein gemeinsamer Urlaub zum jetzigen Zeitpunkt mutig, tatsächlich fühlte sich dieser Urlaub aber nur wie die logische Konsequenz unserer bislang gemeinsam verbrachten Zeit an. Wohlwollend umschrieben würde uns dieser Urlaub die Gelegenheit geben, unsere Beziehung ohne die Arbeitsbelastungen des Alltags, im Luxus völliger Entspannung, in einer Blase frischer Verliebtheit zu verbringen – eine Chance, die die meisten Beziehungen nicht bekamen. Zynisch formuliert wäre dieser Urlaub einfach ein sehr effektiver Test wie sehr man die Alltäglichkeit des anderen tolerieren kann, ohne einander nach 14 Tagen ununterbrochener Gegenwart unerträglich zu finden. Neutral betrachtet war es zweifelsohne beides, nicht vorhersehen könnend, ob ein erholsamer Beziehungsbeginn überhaupt etwas bringen kann für eine Beziehung, von der man nicht weiß, ob sie nach 2 Wochen noch Bestand haben würde.

Ob ihn diese Gedanken umtrieben, vermochte ich nicht zu sagen. Er schien die Dinge, nicht zu zerdenken, nicht bei allem und jedem die Metaebene zu analysieren – beides etwas, das ich zur Perfektion beherrschte und was mich beizeiten eher behinderte als weiterbrachte. Er dagegen wirkte ruhig, bei sich angekommen – beides etwas, das mir guttat.

Die Tage unseres Urlaubs hatten sich, ohne, dass wir explizit darüber gesprochen hätten, einer für uns beide angenehmen Routine unterworfen. Wir gingen morgens zusammen ins Fitnessstudio, frisch geduscht saßen wir danach in unseren Bademänteln oder Handtüchern auf dem Balkon unseres Zimmers vor unseren MacBooks. Er arbeitete nie nicht, was mir imponierte, ich aber manchmal bemitleidete. Ihm machte es offenbar nichts aus, genauso wenig, wie die Tatsache, dass er seit drei oder vier Jahren kaum bis gar keinen Urlaub genommen hatte. Ich las die Dissertation einer Freundin Korrektur, mir lagen Wörter und Lesen schon immer, ich machte solche Dinge gerne.

Vormittags holten wir uns in einem Coffee Shop auf dem Hotelgelände Kaffee und Croissants; natürlich war das Frühstücksbuffet bis wir so weit waren immer längst geschlossen. Meistens aßen und tranken wir beides auf dem Weg zurück ins Zimmer; dort holten wir Bücher, ein Kartenspiel, unsere Badesachen und eine aufblasbare Schwimm-Brezel, auf deren Kauf wir uns vor dem Urlaub geeinigt hatten. Solche Gegenstände konnte man eigentlich nur selbstironisch besitzen.

Den Rest des Tages lagen wir auf zwei eng nebeneinanderstehenden Liegen im Schatten, von denen wir einen guten Blick auf den größeren der zwei Pools hatten. Wir lasen, spielten Rommé; manchmal legte er seinen Kopf in meinem Schoß ab und döste vor sich hin. Spätestens um 14 oder 15 Uhr bestellten wir Drinks. Jonas trank San Miguel, nicht ohne den geschmacklichen Unterschied zu bayrischen Bieren zu bemerken, ich trank Malibu auf Eis oder mit Orangensaft.

Gegen 16 oder 17 Uhr verließen wir den Pool und gingen aufs Zimmer. Hin und wieder, wenn wir keine Lust hatten, es noch mal zu verlassen, gönnten wir uns den Zimmerservice.

Wir saßen in unserem an das Schlafzimmer angrenzende Wohnzimmer, teilten uns diverse Gerichte und schauten Filme. Manchmal nahm ich davor ein Bad – eine Badewanne war für mich ein von vielen stark unterschätzter Luxus – er setzte sich auf ein Kissen neben die Wanne und beobachtete mich. Dabei unterhielten wir uns.

Wenn wir das Zimmer zum Abendessen verließen, gingen wir davor und danach gerne in eine der Hotelbars und fantasierten über unsere Zukunft. Wir fingen an, eine gemeinsame Liste mit Aktivitäten, Ideen und Reisezielen zu schreiben, die wir irgendwann gerne zusammen machen, umsetzen, besuchen würden. Darauf standen Dinge wie der Comer See, zusammen segeln zu gehen, den Film »Die Erfindung der Wahrheit« anzuschauen oder etwas bei Amorelie zu bestellen. Es war ein wildes Sammelsurium, manches abenteuerlich und nicht unbedingt naheliegend, doch die Punkte auf der Liste landeten dort, weil wir sie beide ernsthaft erleben wollten, weil wir sie beide in unserer Zukunft zusammen sehen konnten.

Wenn wir nicht am Pool, an der Bar oder im Fitnessstudio waren, verbrachten wir die Zeit im Hotelbett. Wir hatten viel Sex, an einem Tag waren es vier Mal. Das war der Tag, an dem ich ihm gestand, dass ich eigentlich kein besonders sexueller Mensch sei. Dass es ungewöhnlich war, wie viel Lust ich hatte, mit ihm zu schlafen. Er grinste, ihm ging es ähnlich.

Zurück in Deutschland hatte sich zwischen uns nichts geändert, außer dass wir uns einander noch sicherer waren. Wir hatten von der ununterbrochenen Anwesenheit des anderen gekostet und waren zu dem Schluss gekommen, dass ja, wir unser Zusammensein viel mehr als Bereicherung empfanden denn als Einschränkung.

Wir verbrachten weiterhin jede Nacht bei einem von uns, meist bei Jonas. Er war gerade als wir uns kennengelernt hatten, in eine neue 2-Zimmer-Wohnung gezogen. Ein richtiges Bett hatten wir nicht, es lag eine dicke Matratze auf dem Boden im Schlafzimmer. Die Wohnung verfügte über eine Badewanne, eine Spülmaschine und einen großzügigen Schreibtisch, der für uns beide reichte. Tatsächlich handelte es sich vielmehr um eine 3-4 Meter lange Arbeitsplatte, die den Loft-Stil des Apartments allerdings passend ergänzte. Jonas hatte mir schon nach einigen Tagen den Schlüssel zu seiner Wohnung gegeben, manchmal wartete ich abends dort auf ihn, wenn er aus dem Büro kam. Später würde ich mich erinnern, dass wir uns in dieser Phase häufig ein, zwei Gläser Weißwein gönnten und unseren Nespresso immer mit Heumilch tranken.

Darüber hinaus etablierten wir etwas, das bei uns unter dem Namen »9pm chaos meal« rangierte. Abgeleitet war es aus dem Tweet einer Person namens Brooks Otterlake, welcher lautete:

»Been prototyping this diet lately:
1pm: 1 small orange
4pm: 1 bowl of grain-based substance
9pm: 1400-calorie junk food ›chaos meal‹
You don't gain any weight and you're tired all the time.
It's win win«

Tatsächlich umfasste es bei uns den Vorgang, alles was der Kühlschrank hergab auf ein kleines rundes Tischchen zu platzieren und uns daraus in nicht vorgegebener Reihenfolge oder Kombination unser Abendessen zu gestalten. Elementarer Bestandteil waren diverse, meist vegane Aufstriche, Hummus eingeschlossen, kleine Snack-Möhren,

Honig, Gouda und Reiswaffeln, der Rest variierte. Es sah abenteuerlich aus, war aber ausreichend und so ging das über mehrere Wochen hinweg.

Anfang Oktober, da kannten wir einander etwa 2 ½ Monate, entschieden wir, dass es keinen Sinn mehr machte, zwei Wohnungen zu mieten, wenn man de facto immer nur in einer wohnte. Die Überlegung zusammenzuziehen war eine gleichermaßen vernunftgesteuerte – Mieten waren in München gerade für Singlewohnungen horrende – wie glückliche – wir vertrauten einander und brauchten nicht noch mehr Beweise, dass auch unser Zusammenleben die absolut richtige Entscheidung würde. Ich hatte noch nie mit jemandem zusammengelebt, mit Jonas schüchterte mich die Vorstellung dennoch nicht ein. Der Gedanke, mich über Dinge wie Wohnungseinrichtung oder den Haushalt zu streiten, erschien mir lächerlich.

Wir fingen an, zu suchen, unsere Kriterien waren anspruchsvoll, aber nicht völlig unrealistisch. Eine zumutbare Rad-Distanz zu seinem Büro, mindestens 70 Quadratmeter, 3 Zimmer, ein Balkon und saniertes Bad wie neue Küche für nicht mehr als 2.000 Euro warm waren nicht verhandelbar; Altbau, Stuckdecken, Fischgrätparkett und Badewanne wären toll, aber optional.

Erstaunlicherweise fanden wir exakt diese Wohnung nach etwa 3 Wochen – sie hatte keine Badewanne, aber sonst alles und nach 2 weiteren Wochen unterschrieben wir den Mietvertrag. Die Wohnung lag in Haidhausen, einem Viertel, das wir beide nicht sonderlich gut kannten, das auf den ersten Blick aber nett und belebt wirkte. Es gelang uns sogar, für unsere jeweiligen Single-Wohnungen zügig Nachmieter zu finden, sodass wir nicht mehrere Monate doppelt Miete hätten zahlen müssen. Wenn man ehrlich war, hatte das Universum unserem Projekt »Zusammenziehen« keinerlei Steine in den Weg gelegt. Wenn man daran glaubte, hatte es uns ein Zeichen geschickt, dass das was wir taten richtig, vielleicht sogar vom Universum gewollt war.

Wir richteten die Wohnung in hellen Tönen, vor allem weiß, ein. Es war unverkennbar, dass wir beide einen minimalistischen Stil bevorzugten. Die Zimmer waren nicht vollgestellt, die meisten Gegenstände, die Wohnungen unruhig machten, verschwanden bei uns in weißen Schränken und Kommoden. An den Wänden in Schlaf- und Wohnzimmer hatten wir schwarz-weiße Aktzeichnungen aufgehängt, es handelte sich um abstrakte Frauenkörper. Auf unserem gemeinsamen Schreibtisch, wieder eine maßangefertigte, mehrere Meter lange Platte, stand ein gerahmtes schwarz-weiß Foto, das uns beide in dem Lanzarote-Urlaub zeigte. Wir trugen beide Sonnenbrillen, ich hatte mir eine weiße Blüte hinters Ohr gesteckt, wir strahlten. Das Bild würde uns immer daran erinnern, wie glücklich wir gewesen waren. Es würde uns daran erinnern, unser Glück in der Gegenwart zu sehen – Glück, das wir, auch wenn sich unsere Beziehung veränderte, noch immer spürten, wenn wir den anderen ansahen.

Ich hatte schon immer eine Begeisterung für schöne Inneneinrichtung gepflegt, frische Blumen und Duftkerzen machten mich glücklich. Jonas fielen die weißen Hortensien, Amaryllis oder Orchideen auf, er bemerkte auch den neuen Duft einer in dunklen Räumen behaglich flackernden Kerze. Es waren holzige, schwere Düfte wie Moschus, Zeder, Muskat oder Patschuli. Ich glaube, er schätzte meine Gabe, mit wenigen Dingen aus einer eingerichteten Wohnung ein Zuhause zu schaffen.

Die Zeit verging und so feierten wir unsere ersten 3 Monate in einer Bar namens Wabi Sabi, unser erstes halbes Jahr im Restaurant Koi, unser erstes Jahr in der Juliet Rose Bar.

Wir kannten die Freunde des jeweils anderen, feierten 30. Geburtstage auf Hütten-Wochenenden – dort entstand ein kleines Polaroid-Foto, auf dem Jonas einen Arm um mich gelegt hatte und mich auf die Stirn küsste. Ich hatte die Augen geschlossen und lächelte.

Wir verbrachten Weihnachten bei seinen Eltern in Niedersachsen, Silvester mit meinen Freunden in großen Altbauwohnungen, wir gingen mit meinen Eltern in die Oper, »La Traviata«. Wir verreisten zusammen nach Chicago, Prag, auf die Seychellen, nach Ibiza und Zürich – es hatte sich eine schöne Tradition entwickelt, in der wir einander zu Geburtstagen, Weihnachten und Jahrestagen gemeinsame Städte-Trips schenkten.

Wir besuchten Hochzeiten – auf einer fing ich den Brautstrauß, ein aus Eukalyptus, weißen und roséfarbenen Dahlien, weißen Rosen und Lisianthus gebundenes Bouquet. Auch wenn ihn jeder der anwesenden Gäste darauf ansprach, an Jonas perlte die unausgesprochene Erwartung dieses Brauches ab. Wir waren erst seit einem Jahr zusammen, offensichtlich war das viel zu früh. Bei der gleichen Hochzeit wurde mir, die immer vom Heiraten geträumt hatte, zum ersten Mal klar, dass das »für immer«, das man sich versprach und das der Anspruch an die Dauer einer Ehe sein sollte, ein kaum greifbar langer Zeitraum war. »Für immer« war wirklich verdammt lange. Gerade deshalb hatte ich es mir noch nie mit jemandem vorstellen können, zu verbringen. Bis Jonas in mein Leben getreten war.

Unser gemeinsames Leben war reich an Erlebnissen, es war bunt von neuen Orten und Eindrücken, vor allem aber war es ohne Zweifel oder Schwere. Es gab keinen Tag, an dem ich

Jonas für selbstverständlich genommen hätte, aber ich musste nicht mehr jeden Tag um ihn kämpfen – und das war neu. Ich musste nicht mehr um Verbindlichkeit, Liebe, Treue und einen gemeinsamen Plan kämpfen, wie ich es in der Vergangenheit gemusst hatte – und es mir dann doch oft genug wieder entglitten war.

»Fall in love with someone who doesn't make you think love is hard.« Und genau das hatte ich getan: Ich hatte mich in jemanden verliebt, der meine Überzeugung, Liebe sei schwer und schmerzhaft, unsicher und enttäuschend, einfach auflöste, oder vielmehr noch: der sie umkehrte. Liebe war einfach. Sie war ohne Drama, ohne Ablehnung und ohne Leid. Sie war sicher und leicht, sie fing auf und trug. Sie machte unser Leben angenehmer, sie glich aus, was der Rest davon anstrengend machte.

»Man muss an einer Beziehung arbeiten.« Ich mochte den Ausdruck nicht, auch wenn ich verstand, was damit gemeint war. Mir war klar, dass man in einer Partnerschaft nicht warten sollte, bis Probleme da waren, dass man sich Aufgaben, die anfielen teilten sollte, dass man eine Bereitschaft zur Nähe mitbringen musste und dass manche Paare Termine zum Sex vereinbarten.

Für uns waren es regelmäßige »Check-ins«, um auszutauschen, wo der andere stand, was ihn beschäftigte, wie es ihm ging, ob er mit der Beziehung zufrieden war. Ob er irgendetwas, wenn er es problemlos könnte, in seinem Leben ändern würde.

Ich mochte das Konzept von Date Nights, bei dem sich Menschen, die in längeren Beziehungen oder Ehen waren, einen Abend lang ungestörte Zeit für einander nahmen und diese idealerweise nicht zuhause verbrachten. Da Jonas und ich keine großen Restaurant-Gänger waren, etablierten wir

Date Nights in Bars. München bot Bars in ausreichender Fülle, unter anderem probierten wir uns durch das Zephyr, die Emiko Bar, die Grapes Weinbar, die Cole & Porter Bar in der Hofstatt und die Bar des Paisano – einem Laden, der unter anderem Elyas M'Barek gehört hatte, bevor er irgendwann geschlossen wurde. Es wurde zu einer Art Tradition, dass wir kurz vor Weihnachten, am 22. oder 23. Dezember in der Sophias Bar im The Charles Hotel saßen und Ideen für Last-Minute Weihnachtsgeschenke austauschten, um diese am nächsten Tag nur noch kaufen zu müssen. Die Date Night, an der wir 2 Jahre zusammen waren, verbrachten wir im Schumanns.

Die Bar, die wir allerdings mit Abstand am häufigsten besuchten, war die Ory Bar, sie war zu unser beider Lieblingsbar geworden. Man kannte uns dort, wir fühlten uns willkommen; es war als verlebte man einen Abend in einem vertrauten und doch besonderen Raum. Die Ory Bar lag im Erdgeschoss des Mandarin Oriental. Im Zentrum befand sich ein kreisförmiger Tresen, um ihn herum halbrunde, handgefertigte grüne Samtbarhocker. Über dem Tresen eine Art gelbgoldene Lichtinstallation, die in ihrer Form der eines Fächers ähnelte. Der Rest des Interieurs war in warmes Licht getaucht, es dominierten dunkle, satte Grüntöne, die verbauten Materialien erinnerten an Messing, Holz und Stein, weich gemacht durch rote Samtbänke und große Topfpflanzen. Die Karte umfasste alle klassischen Cocktails und Highballs sowie eine bescheidene Auswahl an Bier und Wein und eine weniger bescheidene Auswahl an Champagner.

Jonas und ich tranken meist Dark and Stormy und Campari Orange, hin und wieder ließen wir uns zum Probieren gewagterer Kreationen überreden. Dann waren wir mutig und bestellten »Linen« aus Plymouth Gin, Ruinart Champagner,

Oolong Tee und Honig oder den »Green Wall« aus Roku Gin, Basilikum, Schweppes Matcha Tonic, Limette und Baijiu, einer chinesischen Spirituose auf Getreide-Basis.

Dort saßen wir manchmal stundenlang, es war ein kleiner Ausbruch, etwas Besonderes, auch wenn wir hier häufig waren. Mehr noch: Wir verbanden mit der Ory Bar eine schöne Erinnerung. Hier hatten wir uns, als wir uns etwa 1 ½ Monate kannten, gesagt, dass wir uns liebten. Ich hatte angesetzt zu gestehen, dass sich meine Gefühle für Jonas verändert, dass sie sich intensiviert hatten, doch mit den drei Worten hatte er mich unterbrochen und war mir zuvorgekommen. Wir waren beide alt genug, um zu wissen, was Liebe bedeutete, wo bloße Verliebtheit in Liebe überglitt, dass unser Dasein zu kurz war, um Menschen nicht zu sagen, wenn man Liebe für sie empfand. Es war nichts, zu dem wir den Mut hätten finden müssen; für den anderen war es schon vorher offensichtlich gewesen.

»Wovon das Herz voll ist, läuft der Mund über« ging ursprünglich auf einen Bibelvers zurück, doch es stimmte.

In früheren Beziehungen hatte ich mir die Frage, ob mein jeweiliger Freund der Richtige sein konnte, nie gestellt. Ich hatte mir ein gemeinsames Leben mit keinem meiner Ex-Freunde vorstellen können, ich war mir immer sicher gewesen, dass mein jeweiliger Partner nicht der Richtige war und so verbrachte ich die Zeit viel eher damit, Argumente gegen ihn zu sammeln als für ihn. An sich eigentlich eine traurige Erkenntnis.

Mit Jonas war es anders. Einmal hatten Kolleginnen, mit denen ich auch befreundet war, Jonas kennengelernt und mir hinterher überrascht, aber eindrücklich bestätigt, dass ich und Jonas so gut zueinander passten, es sei schon unheimlich. Dass es schwer werden würde, noch mal jemanden zu finden, dessen sarkastischer Humor dem meinen so ähnlich sei. Dass wir auf eine natürliche Weise aufeinander abgestimmt wirkten, was ungewöhnlich und beunruhigend klang, aber eigentlich ausschließlich positiv gemeint war.

Natürlich brauchte ich nicht die Bestätigung anderer, ich brauchte nur meine eigene. Und ja, mit ihm konnte ich mir ein Leben vorstellen. Er war mit ziemlicher Sicherheit der Richtige für mich – ich fühlte es, aber ich wusste es auch. Manchmal rief ich mir ins Bewusstsein, in wie vielen ungewöhnlichen oder zumindest nicht selbstverständlichen Aspekten wir harmonierten. In denen wir die gleichen Bedürfnisse und Neigungen hatten. Vieles davon war nebensächlich und man konnte auch mit kompletten Gegensätzen glücklich sein, doch machten Gemeinsamkeiten das Leben an manchen Stellen leichter.

Da war zum Beispiel unser Biorhythmus, der uns einte. Wir waren beide sprichwörtliche Eulen, bis spät in die Nacht wach und früh morgens todmüde, doch beide hatten wir unsere innere Uhr den Erwartungen der Arbeitsgesellschaft unterworfen und gingen so spätestens um 23 Uhr ins Bett, um gegen 7 oder 8 Uhr aufstehen zu können. Unser Tagesablauf war ähnlich, wo er unter der Woche von unseren Jobs bestimmt wurde und unser täglicher Kalender uns alles vorgab, war es gerade an Wochenenden ein mehr oder weniger unverplantes in-den-Tag-Gelebe. Uns einte ein mittleres Niveau an Sportlichkeit. Es handelte sich mehr um das Bewusstsein der Notwendigkeit, dass der eigene Körper und Geist verfielen, wenn man sich nicht bewegte, kombiniert mit der fehlenden Zeit für »richtige« Sportarten, was in mehr oder weniger regelmäßigen Fitnessstudio-Einheiten resultierte. Wir versuchten beide, uns vegan zu ernähren, oder wie man neudeutsch weniger missionarisch sagte »plant based«. Während wir Kuhmilch problemlos durch Oatly

Barista Hafer -oder vly Erbsenmilch ersetzten und quasi gar kein Fleisch mehr aßen, fielen gelegentliches Sushi, Gouda und Haribo Colorado in die 15%, die wir bislang nicht in der Lage gewesen waren, zufriedenstellend zu substituieren oder gar komplett darauf zu verzichten. Wir waren beide Menschen, denen die Fähigkeit fehlte, sich wegen Nichtigkeiten zu streiten, was zur Konsequenz hatte, dass wir uns in mehr als 2 ½ Jahren Beziehung noch nie gestritten hatten. Wir lachten beide viel und gemeinsam, vor allem über vergleichsweise primitive Memes, aber auch wenn der andere einen mit bitterernst präsentierten, aber lächerlichen, weil unglaubwürdigen Szenarien unterhielt. Jonas war der mit dem komischeren Potential, aber manchmal schloss ich zu ihm auf und war stolz auf den seltenen Moment, in dem ihm vor Lachen die Tränen in den Augen standen.

Wir hatten eine ähnliche Haltung zu Themen, die Sesshaftigkeit betrafen. Für uns beide waren die Gedanken, ein Haus zu kaufen oder gar zu bauen, für immer in München leben zu bleiben, nie wieder ins Ausland zu gehen oder Kinder zu bekommen, die Lebensentwürfe anderer Menschen, die nicht unbedingt etwas mit uns beiden zu tun hatten. Vieles davon erschien uns einengend, vor allem aber entschied man sich damit für eine Option, die andere Optionen meist recht endgültig eliminierten.

Wir konnten beide gut allein sein, Zeit mit uns verbringen, allein reisen, wenn es nötig war. Unsere Selbstständigkeit und der Raum, den wir jeweils für uns brauchten, balancierten sich damit aus, dass wir die Gegenwart des anderen genossen, es wertschätzten, wenn wir Zeit und Lust für gemeinsame Aktivitäten fanden.

Wir hatten beide ein Interesse daran, Neues auszuprobieren, an neue Orte zu reisen, neue Fähigkeiten zu erlernen, kurzum daran, nicht anzuhalten und sich mit dem, was man hatte, kannte und konnte zu begnügen.

Zu guter Letzt war unser Bedürfnis der Häufigkeit, mit der wir Sex wollten, nahezu identisch – etwas, was einem eigentlich vor allem dann auffiel und einen störte, wenn der eine mehr wollte als der andere, was man aber selten in der Lage war wertzuschätzen, wenn es sich glich.

Am Ende des Tages liebten wir einander gleich viel, auch wenn es dafür, wie sehr man jemanden liebt, keine Skala oder Messeinheit gab, über die internationale Einigkeit bestanden hätte. Aber man fühlte es, man fühlte, wenn ein ungesundes Ungleichgewicht und emotionale Abhängig- und Bedürftigkeit entstanden, in denen der, der mehr liebte, meistens irgendwann verlor.

Und wir liebten einander ohne Bedingung, ohne Vorbehalt, ohne Einschränkung. Es gab kaum etwas wertvolleres, als ohne Vorbehalt geliebt zu werden. Geliebt zu werden, ohne etwas tun oder sein zu müssen. Geliebt um und trotz seiner selbst willen. Geliebt an Tagen, an denen man sich selbst nicht einmal zu mögen in der Lage war. Geliebt zu werden mit all seinen Fehlern und Unarten. Geliebt zu werden, auch wenn man es nicht schaffte, Dinge an einem zu ändern, die man selbst ändern wollte.

Manchmal dachte ich über das Szenario nach, in dem Jonas und ich nicht mehr zusammen wären. Der Gedanke versetzte mich innerhalb von Sekunden in eine Traurigkeit, die mir die Kehle zuschnürte; es machte mich traurig wie kaum etwas. Vor meinem geistigen Auge räumten wir die Wohnung aus und entschieden, wer welches Möbelstück und welchen Gegenstand behielt, wir trennten unser gemeinsames Bank- und Netflix-Konto. Freunde, denen wir vom Ende unserer Beziehung erzählten, wirkten bestürzt – gerade so als sei irgendwie das ganze Konzept von Liebe gestorben. In diesem Szenario war ich einsam, ich würde Wochen nicht richtig essen, meine Panikattacken würden vielleicht zurückkommen, ich würde mehr oder weniger permanent bitterlich weinen – so lange bis keine Tränen mehr kämen, sondern nur noch trockene Salzkrümel aus meinen Augen rieselten.

Über dieses Szenario dachte ich nicht nach, weil es Anlass dazu gegeben hätte – im Gegenteil, wir hätten in unserer Beziehung nicht glücklicher sein können. Und zwar beide, soweit ich das abschätzen konnte. Diese Gedanken speisten sich ausschließlich aus meiner Vergangenheit und meinen Verlustängsten.

Wenn ich nach der Empirie oder der Statistik ging, wurde deutlich: Auch Jonas würde mich oder ich ihn irgendwann verlassen. Bisher hatte mich jeder Mann oder ich jeden Mann irgendwann verlassen, was einer Quote von 100% entsprach. Natürlich war diese Rechnung nur für die Vergangenheit vor Jonas zutreffend. In der Gegenwart, in der ich seit Jonas lebte, hatten 100% meiner Beziehungen Bestand. Wieso also nicht? Wieso also sollte Jonas nicht die Serie gescheiterter Beziehungen für immer beenden?

Meine Verlustängste, das wusste ich, stammten davon, dass mein Vater meine Mutter und mein erster Freund mich auf unschöne Weise hatten einfach sitzen lassen – so viel hatte ich mit diversen Therapeutinnen aufgearbeitet. Ich konnte es nicht ertragen, wenn man nach einem Streit aus der Wohnung stürmte oder an roten Ampeln aus dem Auto stieg, so etwas weckte zu viele Erinnerungen. Doch nicht immer brauchte ich einen Anlass, manchmal war es reine Tagesform und Ängste, auch Verlustängste, waren schließlich nicht rational. Dann schluchzte ich, dass ich nicht noch einmal 100 Dates haben wollte, bevor ich jemanden finden würde, der annähernd so gut zu mir passte wie Jonas. Ich wollte da nie wieder durchmüssen. Jonas nahm mich dann in den Arm und sagte mir, dass ich das auch nicht müsse, er bliebe doch.

Dass ich in Jonas alles gefunden, was ich mir gewünscht hatte, wurde mir ohne Anlass oder Auslöser eines Nachmittags bewusst, als wir zusammen im Gartencenter waren, um Pflanzen für den Balkon zu besorgen. Ich war es gewesen, der die Verschönerung des Balkons am Herzen gelegen hatte, Jonas hatte mich eher widerwillig begleitet. Nachdem wir etwa eine Stunde durch die Gänge und das überdachte Gewächshaus geirrt waren und parallel recherchiert hatten, ob sich Thymian mit Lavendel und Jasmin mit Tomaten vertrug, wenn man sie in denselben Topf pflanzte, hatten wir eine gute Auswahl an Pflanzen, Erde, Dünger, Balkonkästen und einer kleinen Pflanzschaufel erworben und den vollen Wagen zum Auto gerollt. Jonas fuhr einen Mini, es würde etwas Geschick und Ausprobieren verlangen, alles unterzubringen.

Als alles verstaut war, brachte Jonas den Einkaufswagen zurück und ich setzte mich auf den Beifahrersitz. Genau das war es, was ich gewollt hatte: mit dem Menschen, den ich liebte und der mich liebte, alltägliche Dinge tun, unser gemeinsames Zuhause verschönern und wohlwissend in etwas investieren, von dem man hoffte oder sich sicher war, dass es auch in einigen Monaten noch da sein würde. Meine früheren Bekanntschaften oder Beziehungen hatte ich selten als so robust erlebt, als dass ich damit gerechnet hätte, es würde sie auch in einem halben Jahr noch geben. Um in diesem Bild zu bleiben: es wäre bedauerlich und demotivierend gewesen, Pflanzen zu kaufen, die selbst die eigene Beziehung überlebten.

Einige Wochen später holten wir erneut etwas in unser Leben, das uns die nächsten Jahre begleiten sollte.

Ich hatte immer wieder davon gesprochen, wie es wäre, einen Hund zu haben, dass ich mich manchmal zuhause allein fühlte, wenn Jonas länger arbeitete, dass ich etwas wollte, das die Wohnung lebendiger machte.

Jonas hatte sich am Anfang gesträubt, doch je mehr er verstand, wie wichtig mir das Thema war und je offensichtlicher ich für diverse Szenarien Betreuungskonzepte entwickelt hatte, um unser Leben mit einem Welpen zu vereinbaren, desto mehr gab er nach. Mehr noch: ich rang ihm das Versprechen ab, sich um den Hund zu kümmern, als sei es sein eigener. Wir hatten uns auf einen Kurzhaardackel geeinigt, einen schwarzen oder rotbraunen, das würden wir vor Ort bei der Züchterin entscheiden.

Ich konnte mich auf keins der kleinen Dackelbabys festlegen, zu süß waren sie alle, also entschied Jonas. Es wurde ein rotbrauner Rüde, wir benannten ihn nach dem erstaunlich unbekannten, fiktiven Hund aus den Garfield-Comics, »Odie«.

In den ersten Wochen, die wir mit dem Welpen verbrachten, für die uns klar gewesen war, dass es bis zur Stubenreinheit einige Missgeschicke waren, wurde uns umso klarer, dass ein Hund ein Test war.

Ein Hund war, wenn man noch keine Kinder hatte oder sich nicht sicher war, welche bekommen zu wollen, neben dem vielen, was ein Hund in erster Linie sein sollte, ein Test. Ein Hund war ein Test dafür, wie viele Kompromisse man bereit war einzugehen, genauer gesagt, auf welche Dinge man bereit war, zu verzichten, was man willens war zu opfern.

Sehr zynisch betrachtet musste man feststellen, dass man, wenn man mit einem Hund schon an die Grenzen der eigenen

Opfer- und Kompromissbereitschaft stieß, ein Kind vermutlich keine sinnvolle Idee wäre. Nicht, dass uns beide das überrascht hätte, aber so hatten wir es mehr oder weniger experimentell bestätigt.

Während wir beide unseren Welpen aufwuchsen sahen und überlegten, in eine größere Wohnung zu ziehen und wann wir ins Ausland gehen wollten und welcher Karriereschritt wann der richtige war und ob wir irgendwann heiraten würden, heirateten unsere Freunde tatsächlich und bekamen das erste Kind und dann das zweite und bauten Häuser. Während andere Entwürfe realisierten, die von der Gesellschaft ermutigt und begrüßt wurden, hielten wir selbst an unserem davon abweichenden Lebensplan fest. Wir hinterfragten uns kritisch und ehrlich, doch ein Kind oder gar mehrere zu bekommen, vermochten wir uns nicht vorzustellen. Eigenartigerweise war es ein bewussterer Vorgang, sich gegen etwas zu entscheiden, was scheinbar alle machten, weil man es eben machte, als sich für etwas zu entscheiden, was auf irreversible Art das ganze Leben und die eigene Identität verändern. Was immense Verantwortung und eine unendliche Bereitschaft bedeutete, den eigenen Egoismus zu depriorisieren – zumindest für die nächsten 18 Jahre, aber wenn man ehrlich war für immer.

Manchmal dachte ich an die Zeit zurück, in der ich Single oder in zumindest wenig aussichtsreichen Beziehungen, Verhältnissen oder Flirts gewesen war. Ich dachte an Leonard, Valentin und Henry, an Ludwig, Nick und Ben zurück und dann verglich ich diese Phasen mit meiner jetzigen. So sehr ich es manchmal vermisste, zu flirten, den Reiz einer fremden Person zu spüren, so sehr vermisste ich nicht die Einsamkeit, die verzweifelte Suche und den starken Wunsch nach einem

Vertrautem. Natürlich wurden Beziehungen weniger mysteriös und weniger aufregend je länger man zusammen war, aber sie wurden eben auch verlässlicher, vertrauter und toleranter, sie wurden mehr zu einem Leben, das man gemeinsam gestaltete. Man konnte nicht beides haben und manchmal dachte man, man wolle immer genau das, was man gerade nicht hatte. Aber das stimmte nicht. Ich wollte genau das, was ich hatte. Ich wollte Jonas, ich hatte jahrelang nach ihm gesucht. Er war nicht nur im Vergleich der Richtige, er war es auch absolut.

LOOKING BACKWARDS

memories warm you up from the inside.
but they also tear you apart.
- haruki murakami[9]

Erinnerungen: Sie sind das, was aus unserer Perspektive in der Realität passiert ist, darüber eine Art Schleier, ein Tau der Gefühle, der Melancholie, der Wärme oder des Wohlwollens gelegt, mit dem wir uns die Situationen Monate, Jahre oder Jahrzehnte später gerne ins Gedächtnis rufen möchten – auch wenn sie sich nicht exakt so zugetragen haben.

Mit den Jahren, die wir älter werden, verblassen die Dinge, die wir erlebt haben; viele von ihnen verschwinden ganz. Und manchmal, manchmal fallen uns einzelne Momente wieder ein, wenn wir etwas Bestimmtes riechen, an Orte zurückkehren oder uns alte Fotos in die Hände fallen. Dann sind da plötzlich glasklare, detailgetreue Bilder in uns; wir sind wieder acht Jahre alt, unsere Eltern noch nicht geschieden, unsere Großeltern noch am Leben, unser Dasein erscheint sorgenfrei. Dann erinnern wir uns an Sommerurlaube in Ferienhäusern, an das Gemüse in Omas Garten, an Gerichte, die einem die eigene Mutter kochte, die man am liebsten aß.

Das Schöne an diesen Erinnerungen ist, dass sie keine Funktion haben müssen. Sie sind einfach da und sie schenken uns die Möglichkeit, Situationen erneut zu durchleben, Situationen mit Menschen, die nicht mehr bei uns sind, an Orten, die es nicht mehr gibt, mit Dingen, die wir nicht mehr besitzen. Sie sind einfach da und wärmen uns von innen.

Wenn ich mich heute an die Männer in meinem Leben erinnere, wärmen mich die wenigsten. Das an sich betrachtet klingt deprimierend oder zumindest bedauerlich, aber ich finde es nicht schlimm.

Steve Jobs hatte zu seinen Lebzeiten einmal gesagt[10]:

»You can't connect the dots looking forward; you can only connect them looking backwards. So you have to trust that the dots will somehow connect in your future«. Und obwohl Steve Jobs das in Bezug auf etwas völlig anderes gesagt hatte, habe ich genau das getan. Ich hatte darauf vertraut, dass sich die Dinge fügen und ich rückblickend verstehen würde, wozu sie gut gewesen waren. Ich hatte darauf vertraut, dass alle Beziehungen und Verhältnisse uns etwas lehren. Und schließlich hatte ich die Punkte retrospektiv miteinander verbunden. Ich hatte die Eigenschaften und Verhaltensweisen, die ich an Männern nicht mochte, präzisiert und aufaddiert. Ich hatte Kriterien, die mir wichtig waren, hinterfragt und schließlich eingefordert. Vor allem hatte ich aus allen Begegnungen etwas gelernt – etwas, das ich ein Leben lang behalten würde.

Ich hatte gelernt, dass die Trennung von der ersten Liebe einen glauben lässt, man könne nie wieder lieben – was sich später als irrige Annahme herausstellen wird. Ich hatte gelernt, dass man Jungs benutzen konnte, um seine eigenen Eltern zu verwirren oder zu provozieren – was allerdings oft nicht gut genug funktionierte.

Ich hatte gelernt, dass Männer, die sich verhielten als seien sie Single oft genug Freundinnen hatten, dass Sex auf Holztischen wehtat und dass alles zu spät war, wenn der eigene Freund plötzlich Knutschflecke hatte, die nicht von einem selbst kommen konnten.

Ich hatte gelernt, dass manchmal einer in der Beziehung mehr liebt und dass das Betteln darum, geliebt zu werden das war, was einen am unattraktivsten von allem machte. Dass man sich manchmal in jemanden verknallte, der sich nicht für einen interessierte, dass man sich zweite Chancen sehr gut überlegen sollte, bevor man sie gab, weil zweite Chancen meistens nicht gut ausgingen. Dass Flirts schön sein und Küsse ausreichen können, dass Timing manchmal Dinge vor dem Entstehen zerstört und dass man mit Mitte 20 nicht darauf vertrauen sollte, wenn ein Mann von »für immer« sprach. Dass man Männern nicht hinterherrennen musste, wenn sie nicht von allein kamen und dass One-Night-Stands für das eigene Selbstbewusstsein wunderbar oder schrecklich sein konnten. Dass Männer, die nie ohne Zynismus oder Ironie sprachen, auch zu nichts anderem fähig waren, dass im Zweifel auf seinen Verstand, statt auf sein Herz zu hören richtig, aber schmerzhaft sein konnte und dass wir darauf vertrauen dürfen, wenn wir jemanden attraktiv finden – aus welchen Gründen auch immer. Schlussendlich hatte ich verstanden, dass Liebe einfach sein kann – wenn wir sie mit dem richtigen Menschen teilen.

Ich habe heute begriffen, dass jeder von uns aus den Menschen besteht, zumindest zu winzigen, atomaren Teilen, die er mal getroffen, geliebt hat, von denen er aufrichtig geliebt und tief verletzt worden ist. Natürlich mögen wir die Teile der Menschen an uns am meisten, mit denen wir gute Erinnerungen verbinden. Aber auch die anderen Teile haben wir zu akzeptieren gelernt oder arbeiten zumindest daran. Ohne diese anderen Menschen wären wir nicht gewachsen und hätten nie gespürt, wie wir nicht wollen, dass man mit uns umgeht. Auch sie machen uns zu den Menschen, die wir heute sind. Auch ihnen sollten wir dankbar sein.

Zumindest zu einem kleinen Teil.

ANMERKUNGEN

1   Taylor Swift: »Don't Blame Me«, Songwriter: T. Swift, M. Martin, Shellback (2017)

2   Beau Taplin: »One Sure Thing« (2020)

3   Adelheid Kastner: »Tatort Trennung« (2016)

4   Mit Vergnügen Hamburg: »Du kannst feige sein oder Du kannst lieben«

5   Rupi Kaur: »Milk and Honey« (2015)

6   Rupi Kaur: »Milk and Honey« (2015)

7   Atticus: »Love Her Wild« (2017)

8   Daniel Jones: »The 36 Questions That Lead to Love«, erschienen in The New York Times (2015)

9   Haruki Murakami: »Kafka on the Shore« (2002)

10   Steve Jobs: Stanford Commencement Address (2005)